Caderno de Entomologia

Caderno de Entomologia

Humberto Ballesteros

Contos

Tradução de
Fernando Miranda

Em parceria com a Animal Extinto Editorial.

Este livro foi publicado com o apoio do Reading Colombia.
Uma seleção de autores colombianos contemporâneos do Ministério da Cultura da Colômbia.

Edição: Camila Araujo & Nathan Matos
Assistente Editorial: Karol Guerra
Revisão: Tamy Ghannam
Diagramação e Projeto Gráfico: Editora Moinhos
Capa: Sérgio Ricardo
Tradução: Fernando Miranda

Dados Internacionais de Catalogação na Publicação (CIP) de acordo com ISBD

B191c
Ballesteros, Humberto
Caderno de Entomologia / Humberto Ballesteros;
traduzido por Fernando Miranda. - Belo Horizonte, MG : Moinhos, 2020.
100 p. ; 14cm x 21cm.
Tradução de: Cuaderno de entomología
ISBN: 978-65-5681-033-1
1. Literatura colombiana. 2. Romance. I. Miranda, Fernando. II. Título.
2020-2404
CDD 868.993
CDU 831.134.2(861)

Elaborado por Odilio Hilario Moreira Junior - CRB-8/9949

Índice para catálogo sistemático:
1. Literatura colombiana 868.993
2. Literatura colombiana 831.134.2(861)

www.editoramoinhos.com.br
contato@editoramoinhos.com.br
Facebook.com/EditoraMoinhos
Twitter.com/EditoraMoinhos
Instagram.com/EditoraMoinhos

Sumário

Para Evelyn e Agustín

A arte e a natureza sempre estarão em embate,
até que um vença o outro de tal modo
que sua vitória se una em uma só pincelada, uma mesma linha,
e quem conquiste seja ao mesmo tempo conquistado.
María Sibylla Merian

Uma libélula

Ultimamente, talvez por estar quase terminando, sente que uma parte do seu corpo pertence também a uma libélula. Uma importante, o coração ou a medula. Alguma coisa pulsante em um lugar vital comum aos dois quando entra no domo em que ela cresce há nove anos, pendurada no ar.

É a única coisa que há no semicírculo branco. Fecha a porta e o barulho reverbera, visível na luz. Pelo contrário, não se ouvem seus passos. Como na cama em que passou a maior parte dos últimos treze anos, no domo está descalço.

Caminha, as mãos nos bolsos do macacão. É o mesmo macacão, surrado e sujo de gesso, vinil, acrílico, laquê e outras coisas mais que Salomé costurou décadas atrás e que, desde então, usa para trabalhar. Tremendo na sua quietude, parada no ar sob o domo, a libélula aguarda.

Se detém e a observa, antes de começar. Às vezes gosta de contorná-la, se concentrar e fazê-la girar sem que seja necessário tocá-la. Assim, olhos fechados, pode examinar cada detalhe. Nos anos em que ministrou a oficina de escultura na universidade – foi no México, no Peru? –, costumava obrigar os estudantes a passar pelo menos vinte minutos contemplando seu trabalho antes de sujar as mãos. Eram jovens e não sabiam o que estavam fazendo. Alguns se entreolhavam, roíam as unhas, seguravam as risadinhas. Outros se postavam em posição quase marcial, os olhos encravados no seu projeto, se esforçando em ver o mistério que o mestre queria que vissem. Mas não havia mistério. Havia argila, gesso, madeira, ferro, arame, mármore e *papier maché*. Havia cores e texturas. Havia um objeto, e esse objeto executava o nem sagrado nem profano ato, milagroso apenas por sua simplicidade, de ocupar um espaço. A ideia era que os estudantes aceitassem essa presença. Que a sentissem fora, em seu lugar, alheia à sua mente e ao seu corpo. Que aprendessem a humildade arrebatadora de não serem donos do que tinham escolhido como seu. Sua convicção é que sem compreender isso não é possível esculpir. Por isso, no domo, realiza esse mesmo ritual que costumava repetir diante de todas as suas obras, as maiores e as menores, as definitivas e os experimentos. Mas não lhe escapa a ironia de que a obra-prima em que está há nove anos trabalhando; e não apenas ela, mas também o domo, o macacão e o cinzel, o maçarico, o arame, as bolas de gude, os cabos, os pedaços de isopor e a impressionante coleção de conchas marinhas que compõem o exoesqueleto não existem senão em sua cabeça.

Uma porta se fechou. Não foi a entrada, a cozinha, a sala de jantar, a biblioteca nem nenhum dos banheiros; pela distância e o tipo de barulho, sabe que foi o escritório. Conta mentalmente: sessenta e oito. A sexagésima oitava vez que se reúnem no seu escritório desde seu acidente. Às nove ou às dez da manhã – a única indicação da hora é a intensidade da luz sob as cortinas, e com os anos aprendeu a lê-la, principalmente nos dias ensolarados –, às nove ou às dez da manhã ouviu vozes no corredor e, embora não tenha distinguido as palavras, reconheceu os interlocutores: Tapias, o mordomo, e Nakamura, o colecionador. Desde então se passou mais ou menos uma hora. Terão estado um tempo na sala, falando sobre qualquer coisa: o preço do dólar, esportes, o clima. Enquanto isso terão bebido uísque, servido nos copos de Murano que Salomé escolheu em uma das suas últimas viagens, há quase quinze anos, e agora terão ido ao escritório para discutir a venda.

O desejo de se reacomodar, que nos primeiros meses não lhe dava trégua, o atravessa com o instantâneo fervor de um calafrio. Seu olho aberto pisca. Não pode nem mesmo reter o ar para se acalmar. O respirador impõe-lhe um ritmo de quarenta inspirações e expirações por minuto; e seu barulho – o sopro da bomba se inflando, o estalo quando fica cheia, o som do ar se esvaziando, o segundo estalo, começa outra vez – ele teve que transformar, através de disciplina mental, em uma segunda forma de silêncio. Senão não poderia viver.

Embora isso não seja correto. O que mais poderia ter feito, além de viver? Qual era a alternativa? Durante treze anos a mesma enfermeira, lerda e de olhos fundos, cujo nome ele ignora porque ela nunca põe o crachá e nunca fala nada, encheu no mesmo canto, três vezes por dia, um tubo de plástico com o mesmo troço branco; e depois desabotoou a camisa do pijama dele, conectou o tubo na válvula que lhe puseram na altura do estômago durante a segunda semana de imobilidade, e esperou com o olhar perdido. Durante treze anos, ela e Cecília, cujo nome ele sabe porque, diferente da outra, fala pelos cotovelos, trocaram as fraldas dele, deram banho, fizeram fisioterapia. Depois o levaram para passear no terraço, Cecília empurrando a cadeira, a outra puxando a caixa do respirador, cujas rodinhas rangiam se arrastando pelo chão e às vezes prendiam no piso. Durante treze anos, esse respirador com a obstinação implacável das máquinas o obrigou a inalar e exalar quarenta vezes por minuto, enchendo os pulmões de um ar que nos primeiros dias tinha um sabor de bílis, ainda que ali, no seu apartamento nas montanhas, o ar não tivesse sabor nenhum. Durante treze anos, esse respirador, e Cecília e a enfermeira sem nome, mas também Tapias, principalmente Tapias, e de vez em quando Nakamura e outros colecionadores – Cristovão?, Kehlmann? – lhe impuseram sem perguntar sua opinião o peso da sua própria vida, a massa indigesta dos segundos, dos minutos, das horas, dos dias, dos anos; mas se lhe tivessem perguntado, como poderia responder? E até que ponto se trata de uma imposição, quando ninguém sabe que, presa no seu corpo imprestável, a sua mente continua intacta? É monstruoso o que estão fazendo com ele, porém desde a perspectiva de Tapias, a vítima de sua ambição não existe. É um cadáver.

Que tragédia, costumava pensar no início, ser e não ser um cadáver. Perpetuar-se em uma vida carente de vida, alheia a tudo exceto ao sofrimento, nas mãos daqueles que ele teve ao seu redor no último ano da sua carreira e, entre eles, inaceitavelmente, não estava Salomé. Mas depois de quatro anos de inferno, entendeu algo. O quarto com as cortinas sempre fechadas, a cama de casal com ele plantado no meio, a televisão desligada, a lâmpada acesa das nove às cinco por causa das enfermeiras, não dele; o copo de água que Cecília às vezes esquece em cima da mesa de cabeceira, ali a poucos centímetros da sua mão, inalcançável; a biblioteca, os sapatos no armário, a porta; aquilo não tinha que ser sua prisão. Podia ser o cenário da sua liberdade. Voltou a esculpir.

Acaba de perceber uma coisa imperdoável: se distraiu. Talvez saber que a libélula está quase pronta, e que faltam apenas alguns retoques nas asas, o deixe mais relaxado do que deveria.

Com a facilidade de veterano, para de novo na frente da porta fechada do domo. Novamente a abre, atravessa o umbral, a fecha. Novamente caminha sobre a grama em direção à libélula. Como nas outras vezes, sentada na posição de lótus olhando a escultura, Salomé o espera. Veste a mesma coisa de sempre: a camisa dos Stones, jeans e as sandálias que calçava na manhã em que chegou tarde à sua aula de história da arte, no início de 86 ou 87.

— Está ficando bonita.

— Menos mal. Nenhuma me tomou nove anos.

— Nenhuma estava feita de nada.

— Já parou para pensar? As libélulas gostam de passar a toda velocidade roçando a água. Se não fosse pelas ondas, quem vê juraria que era um sonho.

— Foi por isso que escolheu uma libélula?

Não responde. Se senta ao lado da sua esposa morta e põe uma das mãos no joelho dela. O sol, que nunca sai do zênite, um círculo ardente no topo do domo, projeta sobre os dois a sombra da escultura.

— Queria – disse ele olhando os jovens seios dela debaixo da camisa – te encontrar um dia desses sem roupa.

— Sério?

— Claro que sim.

— Mentira. Não só já está muito velho para essas coisas, inclusive aqui, na tua cabeça, como se quisesse mesmo de verdade já o teria conseguido.

— E por que, segundo você, minto para mim quando digo a mim mesmo que quero ver teus peitos?

— Por ter se transformado em um especialista em ficar me imaginando, no fundo você sabe que não sou Salomé. Que Salomé está morta.

Ele para de sorrir, mas não tira a mão do joelho dela.

— Por que não a terminou?

— É difícil.

— Não mais difícil de que tudo o que já fez.

— Tenho medo de que não funcione.

— O medo nunca foi o suficiente para te deter, ainda mais quando fica obsessivo.

— Mas é que não é como qualquer outra. Eu a fiz para voar. Não te veria mais.

— Amor, faz catorze anos que não me vê. Nunca mais vai me ver de novo. Não está me vendo agora. Essa é tua própria voz te dizendo as coisas que você sabe. – Ela lhe dá um beijo na testa e quando se separam, tem lágrimas nos olhos. Eu não sou Salomé.

Ficam um tempo em silêncio.

— Já vão sessenta e oito, sabia?

— Que você não é Salomé, que está na minha cabeça? – replica irritado. – Claro que sei. Você não pode saber nada que eu não saiba.

Outro silêncio.

— Não a termina porque não quer.

Ele olha com raiva para ela. Com os olhos limpos de Salomé, ela lhe devolve o olhar. Ele morde os lábios. É a vez de ele chorar?

— Não quer terminar porque a tua vida voltou a ser vida. Voltou a esculpir. Com um gesto ela abarca a cúpula, o sol, a libélula, a grama, seu próprio corpo. – Você poderia continuar aperfeiçoando durante anos. Acrescentar mais esculturas. E é por isso que me dói te dizer que você já não tem tempo. Essa – agora é ela quem põe a mão no joelho dele – é tua própria voz te dizendo as coisas que você sabe. Sessenta e oito reuniões no escritório. Tapias acaba de vender a última das esculturas que tinha em casa. Você já não lhe serve mais. Ele terá que entregar o apartamento para a tua sobrinha, mas com a venda da tua coleção ele tem para muito mais que um apartamento. Enquanto fala, Salomé se desintegra como se a sua voz fosse um fio que se desprendesse da sua boca, e ela estivesse bordada com esse fio e cada palavra lhe espetasse. Não se despede. No fim das contas, não está falando comigo. Ele tenta acariciar o rosto dela, seus dedos afundam na pele já quase transparente. Sua mão não sente nada quando os lábios dela a roçam enquanto fala. E agora você vai terminar tua obra-prima. Com o dedo, ela aponta para cima. Me procure no sol.

Uma mariposa

Aos treze anos de idade, o imperador sonhou com uma mariposa.

No seu sonho, estava em um campo. Havia uma cerejeira florescendo e um riacho junto dela. Não havia nenhum ruído senão o da água. Chegou perto da árvore. Uma flor se desprendeu e depois outra. Pousaram em seus pés e ele se abaixou para pegá-las. Uma sombra roçou seu braço. Pensando que era mais uma flor, ergueu os olhos. A mariposa, graciosa como não poderia deixar de ser uma daquela espécie, roçou sua testa.

Uma vertigem o tomou por completo. Depois de um súbito piscar de olhos, se deixou levar. Cada batida de asas era uma navalha cortando em pedaços uma das inúteis fibras do mundo. Tudo, a grama, o riacho e seu barulho, seu corpo, a árvore galho por galho, folha por folha e pétala por pétala, tudo inclusive o céu se dirigia em uma doce e inexorável queda em direção às duas asas negras que se abriam e se fechavam, se abriam e se fechavam. Quando acordou, seu pijama de seda estava molhado, e entendeu que não era mais uma criança.

Tinha herdado do seu pai um poder tão vasto e organizado que seus súditos temiam mais a ele que aos inimigos. Nas infinitas horas de desfiles militares, audiências, bodas, celebrações do começo e do fim das estações, visitas a províncias e aulas de canto, dança, esgrima, modos, equitação, leis e línguas, o jovem imperador se entediava.

Sete vezes lhe foram oferecidas as mãos de virgens das casas mais importantes do Império. Sete vezes as recusou. Uma sede sem objeto nem satisfação crescia dia após dia nele. Emagreceu.

Seus olhos e suas palavras endureceram. Certa manhã acordou com a ideia de organizar um concurso de dança.

Embora não tivesse insinuado, as pessoas achavam que a vencedora compartilharia do leito imperial. De todas as províncias e do exterior, vieram moças especialistas em dissolver o mundo ao redor e atar o tempo no seu corpo. Gueixas sutis como agulhas que, no ritmo de um tambor, se contorciam sobre si mesmas, o quimono relampejando no ritmo dos seus movimentos. Dançarinas do ventre, milagrosas como vaga-lumes e sinuosas como serpentes, transformando o olhar do espectador em uma língua sedenta que lambia o suor dos seus membros. Adolescentes que quando começavam a soar os violinos se transformavam em pombas, e cruzavam o cenário arrastando atrás de si toda a música do mundo. Africanas que tinham nos quadris a chave furiosa da vida. Uma cigana de dezesseis anos, de pele cor de oliva e olhos esmeralda, que, nua, com apenas um pulseira de plumas em um dos tornozelos, transformava esse relâmpago de cores em uma asa que a levava onde quisesse; e ria enquanto dançava, e o descaramento juvenil da sua liberdade ofendeu e seduziu aos homens, até os deixar eufóricos, inquietos para sempre; e no final seu pai a cobriu com uma túnica de lã virgem e todos se sentiram tristes; porque claro que aquilo só acontecia em público uma vez. Os outros espetáculos, se houvesse, seriam privados. E uma condessa, madura, descalça e vestida com uma simples túnica negra, que fez com que o cenário fosse coberto de areia, e no ritmo de uma melodia repetitiva, mas imprescindível como a batida do coração, desenhou com os pés uma cena luxuosa de uma minuciosa e alucinada beleza, protagonizada pela própria condessa, o imperador, cinco moças, um polvo, um leão, uma águia e um cavalo. Sentado em posição de lótus no seu trono de bambu, a mão na barbicha, o soberano bocejava.

O festival durou três dias. O último baile foi à meia-noite. A essa altura o imperador já tinha se arrependido da sua ideia.

Com um gesto resignado ordenou que chamassem as dançarinas. Eram seis. Seus vestidos eram coloridos, porém de um corte sóbrio. Não estavam maquiadas. Tinham o pelo tão curto que pareciam meninos. Foram até o palanque, fizeram uma saudação e iniciaram o voo. Ninguém jamais tinha visto nem voltaria a ver um ser humano voar daquela maneira, como se o corpo simiesco e resignado tivesse subitamente decifrado o ponto secreto da ausência de gravidade.

Não havia música. Não era necessário. As mulheres deram alguns passos sobre as cabeças, em fila, olhando os espectadores com uma espécie de compaixão inumana. Depois dançaram. As mulheres se misturaram sem se tocar e então foi percebido que as cores dos vestidos não tinham sido escolhidas por acaso. Cada uma era um seguimento da imensa mariposa que, com inverossímil leveza para um animal desse tamanho, se aproximava do imperador. E ele, olhares vidrados, se levantou no trono e estendeu a mão.

À medida que o inseto descia, suas cores escureciam. Alguns temeram, mas o imperador, não. E por fim a mariposa, porque ainda que tivesse sido uma borboleta, agora era uma mariposa, pousou na palma da mão dele. Não teria como ele sustentar aquele peso, mas por um instante conseguiu. E depois, sem palavra nem gesto, quase como um prolongamento do seu êxtase, se desequilibrou.

Bastaram quatro batidas de asas para que a mariposa desaparecesse por trás das nuvens. Houve gritos, berros, insultos. Os guardas dispersaram a multidão e se ajoelharam em volta do seu soberano. Os olhos, completamente abertos, tinham mudado de cor. Estavam negras, tanto a pupila como a esclerótica. Brilhavam com uma luz vagamente orgânica, como se fossem de petróleo. Quando quatro deles o levantaram, a boca se entreabriu para soltar uma mariposa pequenina.

Todos a viram. Por um momento, observando-a subir, sentiram vertigem. Cada batida de asas era uma navalha cortando em pedaços uma das inúteis fibras do mundo. Permaneceram ali até se dispersarem.

Deixaram o imperador cair e correram. Seu corpo foi pisoteado e ninguém se importou. Estava amaldiçoado.

O tempo passou. O palácio abandonado desapareceu. Depois a cidade e o império, e com os séculos também as montanhas, os mares, o sol. Mas ninguém se lembra.

Um vaga-lume

Semanas depois de ter chegado, Mario viu a primeira correspondência. Trabalhava na máquina infinita; não tinha tempo para bobeiras como conferir uma caixa de correio metálica que se tinha que abrir com chave. Nunca conferia, e só o fez porque tinha descoberto que mandar fazer o chip no exterior e pagar o envio por correio aéreo saía mais barato que usar os estagiários do laboratório.

Primeiro pensou que fosse um panfleto de alguma companhia de seguros: a praia, o entardecer, a gaivota. Mas ao virar o postal encontrou umas linhas escritas a mão e não pôde evitar de ler.

"Isabel: o fato de que você não tenha se mudado e receba esse postal é um milagre; ria comigo do meu uso caprichoso dessa palavra. De antemão peço que não me responda, porque a conheço e quero me poupar da angústia de esperar em vão por uma resposta. Meus primeiros dias nessa cidade gastei na biblioteca, escapando do calor e lendo romances, quanto mais fantasiosos melhor, ou pegando metrô para pensar em você. A universidade não começa em menos de duas semanas. A desocupação é um labirinto, e já não sei se a lembrança de você, que aparece para mim sem aviso algum pelas esquinas, me serviu para me orientar ou para me perder ainda mais. Sim, o postal não é dessa cidade da qual fugi. Não interessa. Para um despeitado que fugiu todas as cidades são a mesma que deixou para trás. Nesses catorze meses sem você me pus a fazer, entre outras infantilidades, uma coleção de postais de lugares aos quais nunca fui, com a esperança de perder um dia a razão e começar a enviá-los para você.

Pelo que parece, chegou esse momento. Ou não foram catorze meses, mas quinze? Tanto faz. Jogue fora o postal. Um abraço, talvez um beijo. Rodrigo. Ps: essa coisa de enviar um postal para minha ex-namorada e lhe pedir que jogue fora é uma agressão, um pedido, uma espécie de cusparada contra o vento?"

Mario ficou um tempo parado ali junto à caixa de correio, com a caixinha do chip em uma das mãos e o postal na outra. Era incompreensível que alguém escrevesse para uma mulher pedindo a ela que não lhe respondesse. As coisas ilógicas o irritavam. Nada podia ser absurdo; o que acontecia era que a estrutura de causa e efeito transmitida pelos acontecimentos era tão complexa que lhe escapava. Isso o fazia sentir-se estúpido e não havia nada que o incomodasse mais.

Foi para o apartamento, deixou a caixa perto da mesa de trabalho e hesitou quando foi despedaçar o postal.

Olhou mais uma vez para ele. O endereço em outro continente era desconhecido, mas o do destinatário era o seu, a algumas quadras do laboratório. Havia duas coincidências: a primeira, que seu autor também fosse novo na cidade onde estava morando; a segunda, que o postal estivesse em espanhol.

Foi de novo até a mesa de trabalho, guardou o postal na gaveta, pegou uma navalha que estava na mesa de cabeceira e abriu a caixa. Com as pinças, tirou o cartão do acolchoado de espumas e o inseriu na fresta do cubo, que estava há dias esperando e acordou com um zumbido. Conectou o teclado e ligou a tela. O mundo se dissolveu e em seguida se reconfigurou passo a passo, linha a linha. Minuciosamente, surgiu uma base e uma estrutura, erguendo-se por seus próprios meios, dona absoluta de sua forma, de seu volume, de seu peso.

Quando se cansou de escrever o código, abriu a janela para fumar. Depois se jogou na cama com o esboço do manual do seu cubo, volume número trezentos e noventa e dois da máquina infinita. Corrigiu alguns detalhes com uma caneta vermelha. Em dado momento pegou mais uma vez o postal e o releu. Então o meteu entre as páginas do manual e continuou trabalhando.

Com o manual sobre a barriga, adormeceu sem trocar de roupa. Quando acordou, o postal tinha deslizado para fora e estava amassado. Isso o fez lembrar que era um idiota.

Era sábado de manhã. Tinha dois dias livres. Não tinha vontade de que isso acontecesse.

Tomou café da manhã na estação de trem, sentado em um banco, jogando pão aos pombos. Foi outra vez ao cemitério. Fotografou outra vez os túmulos dos programadores famosos. Se sentou com o manual e corrigiu mais não sei quantas páginas.

Quando sentiu sono, parou. Somente horas depois é que voltou a se sentar, já no seu apartamento, na sua cama. Tinha fome e estava cansado, mas fazia parte da sua estratégia. Fumando um cigarro atrás do outro, se sentou para trabalhar no código. Suas ideias ficavam mais claras quando tinha sono e fome. A realidade perdia com mais facilidade a sua rude e obtusa consistência, as sensações desapareciam sem deixar rastro, e as linhas do programa brilhavam na tela, tijolinhos de luz.

Não havia melhor lugar para um programador do que a cidade onde Mario estava morando. Ali estava sendo construída a máquina infinita. Cada grupo de trabalho estava encarregado de um cubo como o seu. Eram pouquíssimos, dois ou três no máximo, aqueles que trabalhavam sozinhos. Durante a semana os cubos eram levados ao laboratório, para testes. Toda quinta-feira se reunia com seu supervisor, que revisava o código que ele tinha escrito durante a semana. Quase nunca lhe pedia alterações.

Passava a maior parte do tempo no laboratório. Adorava que seu código fosse rápido e eficaz. Amava ver os resultados aparecerem um por um na tela, na ordem e no momento devidos, e saber que seu cubo seria aceito. Que quando terminasse a máquina infinita o futuro da humanidade estivesse garantido, um dos cubos teria seu nome gravado na placa de bronze fixada com parafusos na base; e que seu nome estaria sozinho.

No dia seguinte, embora não fosse seu hábito, dormiu até tarde. Não pôde ir ao cemitério. A estação estava fechada. Não entendeu o motivo; os avisos estavam apenas no idioma local. Perambulou durante um tempo, sem se animar a entrar em algum lugar, pois não podia se comunicar com o garçom.

De repente estava chegando perto de uma multidão aglomerada na calçada perto do rio. Na outra margem também havia muita gente. Mais longe, no parque, girava uma roda gigante, mais alta que os prédios.

Do nada apareceu um grupo de jovens bem vestidos que, entre risos e gritos, o arrastou quase até o parapeito. Aturdido, por um instante pensou que o que estava vendo no rio era o reflexo da roda gigante. Mas era uma sombrinha. Uma Cacciatore, a tela eletromagnética e ao mesmo tempo delicada e enérgica. Mudava de cor: amarelo, laranja, vermelho, violeta, azul. A jovem que a girava na mão era perfeita. Seu vestido mudava de cor junto com a sombrinha. A sua gôndola era impulsionada por dois remadores de smoking, aparentemente incomodados, a seda da camisa apertada contra o peito. As pessoas aplaudiam, tiravam fotos. Alguns metros mais à frente as gôndolas paravam perto de um estrado. As modelos, ajudadas pelos remadores, desciam da gôndola e imponentes em seus saltos altos, atravessavam uma passarela que parecia suspensa no ar. Depois desapareciam detrás de um pano de fundo, entre aplausos dos personagens do *jet-set*, sentados nas áreas VIP nas laterais da passarela.

Mario ficou observando. O desfile foi longo. Cada sombrinha era diferente, tão original que parecia a primeira do mundo. Principalmente Cacciatore e Languedoc, mas também Leo Meissner, Ángela Urrutia, Yukui Ndyama, Nick & Nick. Mario, como todo mundo, tinha visto sombrinhas nas ruas dos bairros ricos, não apenas nesse país, mas também no seu, e nas propagandas e nos filmes; mas nunca tinha ido a um desfile. Quando se deu conta já era de noite e a garoa estava molhando sua roupa.

Quando chegou ao apartamento, se surpreendeu abrindo a caixa do correio e sorrindo ao ver outro postal. A foto era de uma paisagem. Uma granja, umas vacas, o sol, o céu, montanhas.

"Isabel: ontem fiz uma idiotice. Comprei uma sombrinha.

Fui a um caixa eletrônico, saquei o dinheiro do mês, caminhei por uma avenida repleta de banqueiros em viagem de compras e por fim decidi. Entrei na loja de quatro andares de Nick & Nick e disse para o primeiro vendedor que eu queria uma sombrinha. Só tinha para a mais barata. Havia em vermelho, preto, amarelo, prateado e fúcsia. Escolhi a amarela. Depois caminhei outra vez pela avenida. Eram quatro da tarde. Fazia calor: a sombrinha era mais amarela que o sol e às vezes parecia que o substituía. As pessoas me olhavam, imagino que pelo contraste entre minha sombrinha e o resto da minha aparência. Minha camisa estava suja de gordura, meu tênis sujo. Devem ter pensado que a roubei. Parei em frente à vitrine de uma joalheria. Nos espelhos eu te via. Este segundo e último postal, claro, você também tem que jogar fora. E esqueça que te darei o prazer de escrever outro PS. Rodrigo. PS: sabe de uma coisa, melhor que não se esqueça de nada."

Mais uma coincidência. De repente o acaso parecia tudo, menos neutro. A mente se lançava em busca de explicações e era um esforço tremendo freá-la. Todas as alternativas eram ilógicas, ou seja, inaceitáveis. Mario se sentou no chão, em frente às caixas de correio, enquanto o mundo desencaixado vibrava em volta, enquanto ele, pálpebras apertadas, o ignorava furiosa e desesperadamente.

As semanas seguintes foram difíceis. Decidiu economizar. Perdeu peso e capacidade de concentração. Parou de comprar cigarros. Cometeu um erro no código e recebeu uma chamada de atenção. Mas ficou nisso.

Num domingo foi até a loja da Languedoc em frente ao rio e passou horas escolhendo uma sombrinha. Pelas janelas era possível ver a água, um espelho ondulado em que as fachadas adquiriam uma vibração romântica. As catedrais disparavam lentos mísseis de pedra ao céu, e mais ao longe os arranha-céus perturbavam o horizonte.

Acabou escolhendo uma. Quando abria, saía um vaga-lume eletrônico.

O estojo era duro. Caminhando sob a chuva pensou que tinha sorte de que fosse de boa qualidade, porque caso contrário a sombrinha teria se danificado e aquele era o objeto mais caro que tinha comprado na vida.

Quando chegou ao prédio uma vizinha estava no saguão. Assim que o viu cravou os olhos no estojo. Falou com ele. Mario não entendeu nada. Era a primeira vez que lhe diziam mais de uma frase no idioma daquele país; no laboratório todos falavam inglês.

Escutou um pouco a senhora, respondendo com caretas e sorrisos. Na posição do seu corpo, na sua voz e nos seus gestos havia uma inquietante reverência. Assim que pôde, foi embora, entrou no apartamento, tirou a roupa molhada, pendurando-a na porta do armário, e, de pijama, abriu a sombrinha e deixou que o vaga-lume explorasse o seu quarto. Se lembrou de um mito de seu país natal: abrir uma sombrinha debaixo do teto dava azar. Mas não a fechou.

Um mês depois foi anunciado que ele ganhou o prêmio de programador do ano. O evento foi maçante. No seu discurso agradeceu ao laboratório e à empresa que produz os chips, comeu pouco, não bebeu e foi embora cedo. Pendurou a placa na parede em frente à mesa de trabalho, e com o dinheiro comprou uma segunda sombrinha do mesmo modelo que a primeira, porém vermelha. O vaga-lume também era vermelho e às vezes brincava com o dourado no ar; mas se uma das sombrinhas fosse fechada, o respectivo vaga-lume logo procurava o cabo, se metia lá dentro e ficava dormindo.

Sua rotina mudou. Saía às oito, tomava café na estação, pegava o trem, chegava ao laboratório, trabalhava, mas já não ficava mais até altas horas. Não queria ganhar o prêmio outra vez e não tinha interesse em ser promovido. Às seis estava no apartamento, olhando o zigue-zague dos vaga-lumes. Ele as tinha reprogramado. Desenhavam figuras geométricas no ar. E todas as manhãs verificava se havia correspondência. A caixa de correio vazia parecia cada vez maior.

"*Isabel:*

Você não me conhece, mas isso não importa. Quero te contar que na semana passada fiz uma coisa que você não vai acreditar.

Paguei para subir em um mirante. Vesti a mesma roupa que usei quando recebi o prêmio: terno, sapatos de couro, gravata. Também levei uma das minhas sombrinhas. Não sou rico, mas tenho (tinha) duas sombrinhas.

Certamente parecia um excêntrico. No mirante um turista quis tirar uma foto comigo. Foi estranho. Será que pareço com alguém famoso?

Depois fui até o parapeito e abri a sombrinha. Era uma Languedoc de último modelo, das que têm vaga-lume. Arremessei-a. As pessoas atrás de mim gritaram.

Não te escrevo para reclamar do que aconteceu depois, os empurrões, os insultos, o policial, mas para contar a alguém que o meu programa funcionou. O vaga-lume não acompanhou a sombrinha na queda, mas saiu voando. Quando anoitecer, não sei quanto tempo durará a pilha.

Mario.

PS: por favor, não responda."

Um louva-a-deus

Em certa tarde em que estava estudando, Sonia viu de esguelha uma batida de asas no teclado, e quando se virou para ver o que era, aquilo já não estava mais lá.

Dias depois se deparou, na *Grande Enciclopédia da Fauna*, tomo XIII, *Insetos da África*, com a foto de um *Pseudocreobotra wahlbergii*. Quatro patas traseiras muito finas, terminando em um gancho tão cruel como sutil, uma aba de diamante; um abdômen coberto com protuberâncias parecidas a uma folha; duas patas dianteiras poderosas, dobradas para dentro, as coxas cobertas por dentes tão afiados que só de vê-los qualquer um já arrepiava; e as asas. As traseiras, seguimentos de arco-íris cortados com escalpelo da parte onde o verde começa a ficar amarelo, e as dianteiras, dois óvalos das mesmas cores, porém decorados com espirais, a da esquerda verde, branca e preta, a da direita azul, amarela e preta. E também a cabeça, difícil de ver porque está coberta pelas mesmas folhinhas do abdômen; mas olhando bem, é possível identificar, lá estão os olhos fixos em alguém, a mandíbula. E pensar que quando tinha fome esse louva-a-deus se dobrava sobre si mesmo, se camuflava em forma de flor, e a vítima se aproximava dele para polinizá-lo, e o mundo em volta lhe explodia, sendo devorada sem que tivesse tempo de perceber que tanta beleza imprevista não podia ser outra coisa que não a morte.

Fazia oito anos, já desde os quatro, que estudava piano com dona Martinita, que também era professora no conservatório. Suas alunas de aula particular costumavam ser gente de dinheiro; mas a mãe de Sonia, que tinha estudado violino e agora dava aula de música no colégio, a tinha convencido através de ligações, presentes e visitas a lhe conceder uma audição. Sonia sempre detestou o jeito com que sua mãe dizia "dona Martinita", sempre assim, nunca Martina, senhora Martina nem dona Martina, sempre com o "dona" e o diminutivo. Mas amava sua mãe e também a música; então tinha se sentado diante do piano de cauda de dona Martinita, muito maior que o da sua mãe, sem cauda, e tinha tocado a sonatina de Clementi, que estudava há anos.

Em seguida, sua mãe e dona Martinita subiram para o segundo andar para uma conversa reservada. Demoraram quase uma hora. Sonia tinha perambulado pela sala, tinha folheado partituras e livros sem desenhos, tinha tocado nas duas corujas empalhadas que dona Martinita tinha na biblioteca, tinha ficado na janela contando carros, homens, mulheres, crianças, bicicletas, cães e pássaros, tinha tocado mais uma vez nas corujas, tinha folheado de novo partituras e livros sem desenhos, e por fim tinha se sentado outra vez ao piano e tinha começado a improvisar.

Sua mãe deixava que ela improvisasse assim que terminava as duas horas de estudos. Era a melhor parte do dia. E de repente sentiu que a mão ossuda de dona Martinita pegou no seu ombro, sentiu de perto o cheiro de velho e o penteado de dona de casa de cinquenta anos, e escutou a voz sem poder dar crédito às palavras: "Primeiro o estudo, depois a música". Olhou para dona Martinita. "As brincadeiras são no tempo livre. Aqui na minha aula você vem trabalhar."

Demorou anos para preparar sua vingança. Depois da aula de dona Martinita ia para casa almoçar. Depois sua mãe lhe obrigava a estudar mais duas horas. Lia, brincava, comia, vestia o pijama, dava boa noite para sua mãe e esperava um instante. Então tirava o teclado de baixo da cama e se sentava no chão sem acender a luz. Começava a tocar. Não tinha som. O teclado não tinha pilhas, mas isso não tinha importância. Importavam as formas, as cores, os movimentos que ganhavam corpo no ar, ao ritmo da música que dançava em sua mente.

Para as patas traseiras compôs uma melodia vertical como a linha de um pássaro em queda livre. Essa queda ia subindo, quatro vezes e em diagonal, e depois começava o corpo: acordes robustos, às vezes dissonantes e outras tão melódicos como no início, se condensando pouco a pouco em uma estrutura; uma ascensão, uma descida, logo subia de novo, em forma de parábolas ou óvalos que alguém, sem saber por que, imaginava esverdeado exatamente como os do exoesqueleto do *Pseudocreobotra*. E essa estrutura continuava durante alguns minutos, até desembocar na ameaça da cabeça.

Depois havia um silêncio e as asas se abriam. A melodia era outra, mais simples que a das patas e levemente sugerida, como se viesse de um sonho. E quando parecia que terminaria assim, entravam os dois espirais, um quase igual ao outro, retomando a melodia inicial e a combinando com a segunda, as solucionando em um movimento circular cada vez mais rápido. Um movimento que, de repente, quando já não havia jeito, se reduzia em uma nota. Nessa nota estava a dissolução da flor e o emergir do louva-a-deus, o ataque das patas dianteiras, a boca aberta. Era a primeira peça que compunha. Durava sete minutos. Se chamava *Divertimento wahlbergii*.

Todo mês de dezembro Martinita organizava um concerto na igreja de um bairro de classe alta. Era o momento triunfante do ano, tanto para ela como para suas alunas, que assim justificavam o gasto dos pais.

Havia refrigerante e champagne. O piano ficava em frente ao altar, sobre ele se derramava a luz da abside. O concerto desse ano seria o último de Sonia. No próximo ano entraria no conservatório e começaria a tocar em outros lugares. Auditórios de verdade, nacionais e internacionais. Dona Martinita tinha lhe garantido que, enquanto ela fosse sua aluna, seu futuro prometia. O programa dizia que ela ia tocar uma parte de *O cravo bem temperado*, o *Rondò alla turca*, de Mozart, e a *Pavana para uma princesa morta*, mas entre o *Rondò* e a *Pavana* tinha escondido a partitura do *Divertimento wahlbergii*.

Como era a aluna principal, Sonia tocaria por último. Nas vezes em que tinha imaginado essa noite, aquela hora de estar sentada esperando lhe parecia uma tortura. Não via a si mesma na sua cadeira, ereta e fingindo calma, prestando atenção nas interpretações grosseiras das suas colegas. Por isso sempre lhe vinha à mente o momento em que levantaria as mãos sobre o teclado, olharia para dona Martinita e piscaria um olho. Mas, agora que essa espera era inevitável, ela a desfrutava. A música fluía entre a intérprete, o público, o piano, o altar, a lâmpada, as paredes e as janelas, como uma camada adicional de luz e de sombra, mais leve que o mundo, porém de algum modo o contendo. As notas eram a aura recobrada das coisas. Não importava que a intérprete errasse um arpejo, ou até mesmo que tivesse que parar, os olhos úmidos de lágrimas, e começar de novo. Sonia ouvia cada peça como tinha sido escrita desde sempre, e seguia seus movimentos com o olhar perdido, atenta, encantada, pensando que seu *Divertimento* logo faria parte por direito próprio dessa magia imaterial; que seu louva-a-deus se uniria ao enxame invisível de abelhas, borboletas, moscas, mosquitos, besouros, lagostas, joaninhas, vaga-lumes, voando sobre as pessoas, as cidades, os mares e a história, dando conta de tudo aquilo, superando tudo aquilo, livre apesar de sua subordinação, imortal a despeito da sua fragilidade. E assim, sentindo essas coisas, o concerto das suas colegas logo passou, e de repente sua mãe pôs uma das mãos em seu joelho, lhe apontando o piano, e Sonia se levantou e se deu conta de que agora, sim, tinha um nó na garganta.

Estava tão nervosa que só percebeu que estava seguindo o programa quando todos aplaudiram seu *O cravo bem temperado*. Olhou para dona Martinita. Estava séria. A boca era um risco quase invisível de tão apertada. Sem dúvida tinha cometido vários erros, mas não se lembrava. Nunca tinha tocado assim, mecânica, cega, surda. Engoliu o choro, ajeitou a saia, respirou fundo e tocou a *Pavana*.

Ela podia, *podia* tocar a *Pavana*. Devagar, docilmente, o tempo se transformou em argila nas suas mãos. Se absteve de sorrir, de exagerar seus movimentos, de fechar os olhos. O olhar fixo na marca do piano, sem a ler, sem a ver, embebecida *na Pavana* porque era a única coisa que restava no mundo, não fez nada errado porque ela não estava fazendo nada. Era a *Pavana* que, com sua tristeza perfeita, dava forma a si mesma usando as mãos da pianista. Quando terminou, o aplauso foi imediato. Olhou outra vez para dona Martinita e piscou um olho.

Nem mesmo ela sabia como *Divertimento wahlbergii* soaria. Fazia dois anos que aprimorava a composição, tocando no escuro no seu quarto, no seu teclado sem pilhas, mas quando a música preencheu o ar sua surpresa foi tão grande quanto a dos demais na sala. Aos poucos, a *Pseudocreobatra* exigiu seu lugar no mundo. Suas cores eram alucinadas, porém apropriadas, as que tinham de ser.

A boa música é como uma flor, um rio ou uma planície, nos impõe cada traço, cada volume de si, sem que sintamos a menor necessidade de resistir.

Após a última nota o aplauso foi furioso. Mas ela, que não podia aplaudir a si mesma, ficou de pé ao lado do piano, rígida, incomodada; e o fato de que dona Martinita também estivesse aplaudindo, as mãos se batendo com a precisão de um metrônomo, o penteado levemente desfeito, os óculos embaçados, o sorriso de orelha a orelha, inverossímil nesse rosto tão adepto da rigidez, não a acalmou nem muito menos a satisfez. Sua vingança estava completa, embora dona Martinita tenha se rendido sem resistir. Qual a glória de vencer um inimigo que não apenas se rendia sem lutar, mas que ainda por cima celebrava a vitória do seu oponente com mais entusiasmo que ele próprio? Tomada por uma estranha, incompreensível tristeza, Sonia recebeu o ramo de flores, sem sequer olhar para ele, entregue por alguém, a quem respondeu com cortesia, agradecendo os elogios, aceitando alguns abraços e logo indo embora de braços dados com sua mãe, deixando atrás de si a impressão de esnobe que a acompanharia pelo resto da vida.

Uma meia hora depois, no carro, baixou os olhos e viu o ramo de flores. Havia cravos, algumas margaridas, espigas e no centro, uma orquídea. Do pistilo, repleto de folhinhas, saíam quatro pétalas verde amarelas. Dois deles estavam decorados com espirais. Um era verde, branco e preto, outro, azul, amarelo e preto.

Uma borboleta

Mais uma vez ela lhe mostra e ele não consegue ver. Ao olhar para cima pelas folhas e galhos, com o sol nos olhos, Francisco se sente derrotado. Como sempre.

Ela insiste. Estende o indicador e balança a mão. Ele se esforça até que a árvore lhe roça a têmpora; até se sentir desvanecer no redemoinho de folhas eletrizadas pelo desejo de vê-la; e não consegue vê-la. Então ela o chama de idiota, lhe dá um tapa na nuca e sai correndo escada abaixo.

Não é a primeira vez que ela o chama de idiota, lhe dá um tapa e escapa escada abaixo. Ele a vê se afastando, com a saia do colégio mais curta do que deveria e a mochila sacodindo nas costas, ela, descendo a escadaria que atravessa o parque e dá na rua da casa grande e da loja. Vê a cidade como outro redemoinho de cores, pouco nítido.

Começa a segui-la. De vez em quando ela olha para trás, mas não para.

Passam em frente à casa grande. Ela para e olha pela janela da sala, mas assim que ele se aproxima, ela se manda outra vez. Ele poderia correr, pelo menos caminhar mais rápido, para ver se consegue forçá-la a fazer alguma coisa que diferencie essa tarde das outras. Mas não o faz. Nunca o fez e nunca o fará.

Gosta de vê-la caminhar. Faz isso sem esforço, uma delicada combinação de curvas e retas. O rabo de cavalo do cabelo preto contrasta com as cores da roupa dela, de uma maneira que o entorpece e domina.

Chegam à loja e ela apoia as costas num poste. À medida que se aproxima, ele diminui a velocidade.

São vizinhos. Ele se lembra de um dia, ela tinha sete ou oito anos, em que a viu no parque com seu pai, sentada no chão com uma boneca no colo.

O jogo começou pouco depois. Um dia ele a estava seguindo na saída do colégio, a uma distância prudente e com os olhos cravados nela, e em um momento ela parou e o esperou. Exatamente como agora, que se apoiou no poste em frente à loja, permitindo que ele se aproxime; mas naquela vez estava no tronco da árvore mais alta do parque. Ele caminhou cada vez mais devagar, como agora, com o coração batendo mais forte a cada passo. Ela tinha uma fita amarela no cabelo. Chegou ao lado dela e se olharam. Ela levantou o braço e indicou. "Olha." Com os olhos ele acompanhou o gesto. "O quê?" "A borboleta, idiota. Não está vendo?" Ele entendeu que era uma pergunta importante. Se esforçou, mas teve que se render. "Não estou vendo." E a gargalhada e o cascudo, secos e eficientes, foram uma coisa só, e ficaram gravados a ferro e fogo na pele e na memória dele, e ela correu pelas escadas abaixo, cantarolando "Cisco é um idiota, Cisco é um idiota", e o jogo começou.

Dessa vez, ao chegar perto da figura magra apoiada no poste, ela não olha para ele. Continua olhando para os pés e de repente diz: "basta. Me cansei desse jogo".

— Por quê?

— Porque você nunca vai descobrir o segredo.

Ele não fala nada.

— Se não descobrir amanhã, vou contar para meu pai que você me persegue.

— Não.

— Vou contar e vai acabar o jogo.

Não diz mais nada. Francisco fica ali calado, vendo-a ir embora.

***

Na tarde do dia seguinte a espera na saída do colégio. O calor que se desprende dos corpos das crianças que saem correndo pelo portão muito estreito, a poeira que os tênis batendo no cascalho levantam, os gritos, os risos, o sol sobre sua cabeça, tudo isso o deixa atordoado; mas é o dia definitivo e fica quieto a esperando, com as mãos nas costas, apertando o presente.

Ela demora a sair e ele começa a pensar que não a verá; que saiu antes de acabar as aulas; que ontem mentiu para ele. Que não era verdade que hoje iria, finalmente, acabar o jogo.

Mas por fim a vê. Está com duas amigas. São as últimas a sair. Uma delas, a gordinha, carrega uma bola de vôlei. A outra tem uma fita vermelha no cabelo. A dela é a saia mais curta das três, e quando param de andar, ela sorri.

— Oi, Cisco.

— Para que cumprimentar? – diz a de fita vermelha – Não vale a pena.

A gordinha, um pouco para confirmar o que sua amiga quer dizer, dá um passo para frente. Ele abaixa a cabeça para que ela possa lhe dar uns cascudos, que ele recebe sem tirar as mãos de trás das costas.

— Toc toc. Soa oco – diz a gordinha.

— Vão indo e depois eu chego lá na Adriana – diz ela. – Hoje combinei de jogar um pouco com Cisco.

— Vai mesmo fazer isso? Ficou doida? – a de fita não quis nem olhar para ele.

— Já verão.

— Ele está muito crescido para jogar contigo – insiste a de fita. – Quantos anos tem?

— Catorze – diz Francisco.

— Por isso. Catorze e nem frequenta a escola.

— Aposto que não sabe jogar nada – diz a gordinha.

— Não encham o saco. Já verão – ela pisca um olho para elas, sem se importar que Francisco se dê conta disso. As três riem. Depois se despedem e ele fica sozinho com ela, que não diz nada até que as outras dobrem a esquina e eles estejam a sós na frente do portão.

— O que tem aí?

Ele não responde.

— O que tem aí? Não te dei permissão de me trazer nada. Vamos, mostra.

Ele não quer mostrar. Ela agarra o punho dele, depois o outro. Instintivamente ele aperta o presente. Se sente suspenso no ar. Tem ao redor o cheiro, a roupa, a tibieza dela, seu fôlego impaciente enquanto separa os dedos um por um. A sua pele inteira é um arco-íris criado e ameaçado pela implacável luz dela, que finalmente separa os dedos dele e com a força da sua falta de força o obriga a estender os braços, pôr as mãos num pote e mostrar o presente para ela.

— Que nojo!

A borboleta está morta. Era azul e branca, agora é uma mancha.

Ficam um tempo em silêncio. Nenhum dos dois sabe o que fazer. Ele tem os olhos cheios de lágrimas. Ela está pálida de desprezo, talvez de medo, mas não sai correndo e aos poucos seu rosto é coberto por um sorriso. O cabelo todo desfeito, respira rápido, e ele ainda sente o cheiro dela, a doçura dos movimentos raivosos relampejando a milímetros dos seus olhos, dos seus lábios.

— Você é esquisito.

— Antes não estava morta.

— Mas não é a do jogo. Você achava mesmo que me dando outra, você iria escapar? – ela olha bem nos olhos dele. – Não, senhor. O jogo sempre foi com aquela borboleta. A que fica voando perto da árvore mais alta.

— Desculpa.

— Para com isso ou conto para o meu pai.

— Tudo bem.

— E vá andando.

Ela lhe dá um tapa na mão e ele deixa cair o que resta da borboleta. Limpa as mãos na calça e se afastam em direção às escadas do parque, ela na frente, ele alguns passos mais atrás, com os olhos fixos nos joelhos dela, na saia, no balanço do cabelo dela.

***

Ao sentir as mãos dela no tornozelo Cisco se convence de que o voo é possível. Se agarra em outro galho, toma impulso, olha para baixo e o sorriso dela o enche de forças.

Ela lhe faz um gesto de incentivo, mas ele não vê. Cultivando a imagem dela que se condensou como um relâmpago dentro dele, trepa e trepa. O mundo é simples e estranho. Uma sequência de galhos cada vez mais finos; folhas; outras árvores e edifícios ao fundo; a aspereza da casca contra as suas mãos; seu corpo leve, repleto de coração e fé, como se o que o nutre tivesse crescido ou seus ossos tivessem diminuído; lá embaixo a voz dela que o incentiva, "Vamos, Cisco, nesse galho aí e depois naquele outro", e lá em cima o que precisa alcançar, ainda oculto, porém iluminado, inegável no centro do seu desejo que o lança ali sem piedade e sem pausa.

Então para de trepar e volta a olhar para baixo. Não a vê. Se afasta do tronco, dobrando o galho, sentindo medo até que a descobre. Suas duas amigas estão com ela, e as três estão olhando para ele.

— Pega! Ela está aí pertinho! – ela grita.

Ele procura com os olhos. Naquela altura, as folhas são escassas. O parque está quase deserto. A escadaria parece estar a quilômetros de distância.

— Vamos! Está super perto!

A inspiração o envolve. Fecha os olhos, solta uma das mãos, depois a outra. Se ajeita devagar, balançando no galho. Não escuta os gritos delas. Fecha o punho algumas vezes e de repente a pega.

Abre outra vez os olhos. Está tudo passando tão devagar que tem tempo de pensar que é um milagre que a tenha de verdade. Não pesa, mas está batendo as asas. Não tem cor, não tem substância; é uma borboleta e está viva. E só depois de sorrir percebe que perdeu o apoio, e se debate com o braço livre e entre o barulho de folhas se agarra em outro galho, sente dobrá-lo sob seu peso, sente também a batida de asas contra os seus dedos e a palma da outra mão, não consegue parar de sorrir apesar do que quase aconteceu e balança os pés no ar.

Olhar em volta. Caiu alguns metros. A calça está rasgada na altura do joelho. A gordinha está correndo pelas escadas a baixo e a de fita vermelha, escadas acima; mas ela continua no seu lugar, olhando fixamente para ele, os braços junto ao corpo, punhos apertados, e ele sente as asas enlouquecidas na sua mão quando se dá conta de que ela está chorando.

— Conseguiu pegar! Solta ela!

— Não!

Com um sorriso congelado na boca, ele fica olhando para ela. A borboleta não para de bater as asas. É difícil segurá-la apenas com uma das mãos.

— Solta ela, Cisco!

— Por quê?

— Você é bruto! Idiota! Vai cair daí!

— Não vou soltar!

— Não caia daí!

Cisco sorri. Sente uma folha roçando seu rosto, o sangue nas veias, na mão a vida nervosa da borboleta que ele agarrou. Se reconhece livre e soberano, finalmente dono do único inseto que lhe interessa.

Um escorpião

Ffffft... Aaah... Ma pa' que que me esquentei, cara, perdi o ano. Aí como está tremendo, não sei quanto que não durmo... Como assim por quê? Mataram ele. Que a quem, pergunta o sujeito. O escorpião. Sim, outra vez a mesma coisa. Cala essa boca que não é contigo. Filhos da mãe, uzomi cagões imbecis. Uzomi daonde, diz esse outro. E daonde mais. Os do CAI. Foda, meu, é sério. Quer navalhar, então? Tu deixa de fazer pergunta, meu. Tá morto, parceiro. *Ffffft* a Yuyi diz que pegou logo quatro, e sei que a Yuyi sempre exagera, mas vai, quatro nem é muito. Que Yuyi é essa? Onde tu mora, pô. A Yuyi. *Fffft*. Aquela que só fala merda. Porque meu escorpião aguenta quatro, dez, vinte. Isso é mentira, meu, não pegaram assim, não. Só seis, por mais que tivessem assim zoados, dá não. Tem que ter sido uns dez, e os que ela não pegô já vai, né, ou não?, não contam com minha astúcia, porque onde tem um escorpião tem sempre dois, andamos em pares, seu merda tripla. Isso me ensinou Mamãe Juana. Quando era moleque, meu, uma vida que não era essa, era outra. Vai à merda, pô. Como tu diz isso pa' mim? Eu sim tive uma vida boa, cara...Quando era moleque...Ou quer levar uma? Mas não treme, não, meu, né contigo isso não, chega aí, tá de boa, sossegado, o lance é com esses filhos da puta; e se liga que tu tá falando com o escorpião, sim ou não. Tranquilo. Tô tranquilo, diz o outro. Mas eu não. Eu não, seu imbecil, vão ver só. Ela pegou quatro e eu vou pegar vinte, mesmo que ela fosse dez vezes mais escorpião que eu, parceiro, mina tão brava. Me navalhou no primeiro dia que me viu, assim era ela, *ffft*, posso ver, era baixinha, meu, batia aqui em mim, mas rápida...Estava sentada nas escadarias da igreja, e eu vinha já filmando e vi essa cara e os olhinhos vermelhos, ela também só filmando, e tal e pá, e disse, tá mole, né não, porque se o escorpião não ganha essa mina, outro ganha, algum até pior...E cheguei perto. E me sentei do lado dela e disse uma letra qualquer. Rapidez fodida, meu. Se eu não fosse o escorpião não tava aqui te contando o conto. Só o brilho da navalha quase na cara, eu só fiz assim, *pam*, tive nem tempo de pensar, apenas pro lado, mas não deu, passou aqui certinho e só o sangue, mano, e eu como se nada. E pensei, "de boa". Te juro que pensei isso, "de boa". *Fffft.* Não sei. É que é bravo andar escorpiando sozinho por aí pelos becos, cara; não aguenta, né? E quando vi como era rápida, e ela viu o quão rápido eu era, olhou para mim e me disse *qualé*, e encarou, esses olhinhos filhos da puta, e aí, e disse pra ela, *tamo nessa*. E desde então unha e carne, parceiro. Te juro que foi assim, de primeira. Amor à primeira vista, cara. E pelo menos um ano. *Fffftt.* Um ano na rua é um montão, umas três vidas, né não. *Fffffft.* Ah. Mas tranquilo que por aí vou levando. Fica tranquilo, pô. *Ffft.* Três vidas, todas com a escorpião. Que coisa estranha foi com essa mina, tudo bem. Depois que a comi a primeira vez meio que passou a vontade, não de comer ela, parceiro, isso nunca, mas de comer ela...Como te digo, pô. Queria comer ela, mas não é só isso. Não aguentava. Meter nela e dobrar ela em três, em quatro e só socar e fazer ela se bater e rir e chorar, morder a mina até ela vir morder e depois deixar ela jogada, toda dolorida mas calminha, rendida, meu, sim, mas não...Não, mano. Não com a escorpião. Mas não se podia fazer isso com a escorpião, claro, e eu nem queria, *fffft*, queria comer ela devagarzinho, e depois olhar as estrelas. Cala boca, imbecil. Babaca. Tá, vai, agora tá aí pensando o quê? Que agora, sim, o escorpião tá se importando, fica aí falando de estrelas. E não é que você tem razão, seu bosta. Mas é que não sei. Mataram a escorpião e aí tô perdido. Desanimado, quebradão...Tô há dias sem rumo, sabe, a rua não é a mesma, cara, como vai ser. Ando meio que com a cabeça nas férias e o corpo morto, ou o corpo nas férias e a cabeça morta, mas, puta merda, ainda sonhando. Que te falei, cara, me arrebentei. Já era o escorpião, queimou, foda. O escorpião sem a escorpião. Parceiro, esses caras me foderam. Vai lá, vai lá você agarrar a bunda dela! Vai lá, meu, vai lá para ver o que ela faz contigo. Filhos da puta! *Fffft*. Vai lá...Não sei. Era mais velha que eu, entende?, tipo cinco anos, ela tinha uns quinze e eu mais molecão, e ela estava toda saidinha porque estava com o Moro, entende?, não era qualquer mina, era a mina dele, novinha e já na dele...E eu que a vi passar aqui. Que explosão tão filha da puta. Você lembra como a escorpião caminhava? Como nunca a viu? Cala a boca, porra. Claro que sim. Você não lembra de uma sainha de jins com flores bordadas, rosinha? *Fffft*. Moro adorou. O bosta do Moro. Não lembra dessa bundinha? E eu que a vi passar. Era muito moleque, parceiro, mas tão louco como agora, há muito tempo morando na rua...Me formei em cheirar cola só porque aprendi a ser o escorpião, cara, copiei de um parceiro que chamavam de capitão, não sei porque, nomes que a galera põe, como escorpião...Mas não ache que é só porque ando filmando, parceiro, não te digo que não tem nem pra isso, *ffft*, a não ser que você tenha mais e ponha, olha que sou teu parceiro. Mas tranquilo; se não tem, de boa. Paciência. E tão moleque que eu era, tá vendo?, mas aprendi a ser o escorpião, o outro não consegue ver nem onde você tem a navalha e *pam*, na jugular, mano. Ensinei para a escorpião. Mas isso foi depois. Primeiro fiquei de olho que horas ela saía da aula, o Moro pegava ela nas aulas, mano, a escorpião era estudada, que tu acha?, aula de inglês, queria que ela estivesse no nível, com o Moro não podia andar uma mina qualquer, e eu aprendi que horas saía e entrava e apesar do Moro sempre ali de escolta eu comecei a parar ali, na saída e na entrada, sempre com uma rosa. *Ffft*. Imagina só, cara, como era difícil conseguir essa rosa. Tinha que ser nova. Às vezes pedia para comprar e às vezes roubava e às vezes, bom, interessa que conseguia; e nos primeiros dias não deu a mínima, mas eu sempre ali enquanto ela descia do carro e passava na minha frente, e eu dizia a mesma coisa sempre, "rosas grátis", duro, cara, hahaha, mas tu acha o que, cara, que no terceiro dia já comprou uma, e o papelito dizia às dez na frente da sua casa, vivia na treze no cu do mundo, garanto que sim, cara, te juro pela minha mãe...E eu já estava de olho na casa, e essa vez a escorpião não apareceu às dez e meia, mas no dia seguinte comprou outra rosa comigo e um dia, sim, apareceu às dez e meia e três semanas depois o Moro estava morto, cara. Assim era a escorpião. *Fffffft*. Que dias, mano. Que dias. A gente morre e não leva nada, né?, mas foi nesses dias aí que entendi para que serve essa porra toda. Que porra toda, pergunta o outro. A vida, cara. E não me enche mais o saco com isso de qual escorpião. *Ffft*. Vamos lá, eu sou o escorpião ou não? Vai tirar onda? *Fffffft*. Merda. *Ffffft*. Tá bem. Então chega aí pra ver e te digo, mané...Que diferença faz para você que não exista? Que diferença faz para você se eu me importo ou não? Diz aí, o que...? Cala a boca, mané, e me escuta. Que o escorpião se perdeu todo, mas me escuta; também já não fica assim... *Fffft*. Que diferença faz que não exista? Vai dizer que não viu essa sainha de flores, essa bundinha, esse cabelo, essa cara... Vai dizer que não vê quando fecha os olhos...Vai dizer que não entende... Por isso, meu. Me diz aí o que seria da vida sem a escorpião... *Ffffft*. E que diferença faz se não tem a escorpião, só o escorpião? Não tá vendo que isso é impossível? Sempre andamos em casal, mano, isso me ensinou mamãe Juana. E eu sou o escorpião e por isso tenho a escorpião. *Ffft*. Então vai à merda. Vai, vai. Quer levar uma navalhada? Seu bosta. *Ffft*. Melhor assim. *Fft*. Mais de boa. *Ft*. De boa... Que diferença faz que não exista, meu? O que que não entende? Filhos da mãe. Todos iguais. Nenhum *entende*, cara, todos cria da rua e nenhum entende o que é que estão procurando... E eu a encontrei e a mataram...Bostas. *Ffft*. Por que mataram ela? *Fft*. Bostas! Como a encontraram? E como conseguiram matar ela se era mais rápida que eu? Bando de filho da puta! *Ffft*. Sim, que já me acalmo, mas fica calmo tu também...Sim, tudo bem...Tranquilo, a rua é de todos...Vida filha da puta. *Fft*. Vida fodida. E o que eu não entendo é como conseguiram matar ela...Deve ser o vício. Vida filha da puta, sempre é isso, né não, cara? Tudo é culpa do vício. *Fffffft*. De que outra maneira iam pra cabeça pra matar ela? *Ffft*. Mas eu sou o escorpião, babacas. O que fica. E ela pegou quatro e eu vou pegar vinte, trinta, em nome dela, filhos da puta...Vamos ver quem é mais...Porque nós vamos em dois, seus bostas. Vivemos a dois e matamos a dois e morremos a dois. Eu sou dois, e vivo como dois e também mato como dois, né não, seus bostas? *Ffft*. Vão ver só. *Ffft*. Merda, tá acabando. *Fffffft*. Já acabou, vida filha da puta. *Ft*. E bom, o que mais..Já vão ver, todos eles, seus bostas.

Uma colmeia

Nos verões de uma época da qual ninguém se lembra, quarenta velhinhos costumavam se sentar pela manhã às margens do rio, cada um em frente a uma mesinha e com um quebra--cabeça debaixo do braço.

Eram manhãs agradáveis. Todos tinham uma sacola com o almoço. Alguns também tinham um maço de cigarros no bolso. Pegavam um cigarro, acendiam. O povoado ficava ao lado de um vale. Um caminho de terra descia até o local onde estavam sentados. Enquanto esperavam, falavam em voz baixa, e quando as seis badaladas eram ouvidas, bem espaçadas, todos começavam a montar o quebra-cabeça.

Isso acontecia nos últimos sábados de todo verão. Ninguém sabia o motivo. Na prefeitura havia uma placa que contava a história para os turistas, mas tinha sido escrita pelo professor da escola por ordem do prefeito. A verdade era desconhecida. A vida era assim e isso bastava. O povo tinha sua tradição.

O ponto alto era às seis da tarde. O sol resvalava a cruz no alto da torre da igreja. Os velhos rearrumavam as cadeiras e ficavam quietos, de costas para o povoado, olhando o rio. Ninguém falava. Os passos do prefeito, do padre e das pessoas se arrastavam pelo chão de terra batida. Às vezes se ouvia o sussurro de uma criança puxando a saia da mãe e apontando para o quebra-cabeça.

O prefeito e o padre passavam olhando. Uma vez ou outra, quando ficava claro que a obra tinha sido um desafio, um dos dois piscava para o autor ou lhe dava um tapinha no ombro; mas não havia resposta. Os nomes dos participantes eram anotados em um livro com o símbolo da municipalidade. Assim que tudo acabava, o prefeito e o padre se viravam, olhavam para as pessoas e tiravam o apito pendurado no pescoço.

O rumor do rio parecia um vago retumbar dos tambores. O padre e o prefeito deixavam que o suspense se prolongasse por um tempo. Então apitavam três vezes. Os velhos se levantavam.

As crianças gritavam. Os adultos aplaudiam. A banda do povoado, parada estrategicamente atrás de um celeiro do outro lado do rio, emergia com seus pífanos, trompetes e timbales. Alguns velhos levantavam os braços. Os netos os rodeavam. As famílias e os turistas tiravam fotos com os quebra-cabeças. E quando a multidão se dispersava em grupos que iam pelos caminhos acima, até a praça, o recipiente sobre uma cadeira com o letreiro "Doações para o Grêmio de Artistas do Quebra-cabeça" tilintava com as moedas e se enchia de notas.

Tudo começou a mudar em um verão em que houve menos turistas do que o habitual. Nunca se poderia imaginar que as bases da vida seriam derrubadas de repente, mas uma coisa dessas em algum momento acontece com todas as comunidades.

Entre as pessoas havia um homem de mãos dadas com uma menina de uns quatro anos. Os dois mal vestidos. Ele, cabelo embaralhado e olhos amarelados, um jeans surrado, camisa xadrez faltando botões, sandálias e um maço de cigarro caindo do bolso. A menina tinha um short do time de futebol, camisa rasgada, tênis que lhe ficavam grandes demais e óculos amarrados na cabeça com uma corda de jogar peão. Chamava atenção que as lentes desses óculos estivessem cobertas com papel de jornal, mas ninguém se atreveu a dizer nada na frente deles. Por trás cochicharam alguma coisa. Nunca tinha vindo gente tão esquisita olhar os quebra-cabeças.

Quando o evento acabou, o homem chegou perto da mesa mais vistosa, puxando a menina pela mão. Esperou que o autor do quebra-cabeça terminasse de falar com o padre para lhe perguntar com uma voz estranha, fanha e ao mesmo tempo grave, se sua sobrinha podia tocá-lo.

— Ver e não tocar – lhe responderam.

— É cega, surda e muda, mas entende de quebra-cabeças – insistiu.

Enquanto dizia isso, se abaixou, tirou a corda que prendia os óculos da menina, os dobrou e pôs no bolso da camisa. Todos aqueles que viram os dois círculos brancos deram um passo para trás.

O homem a levantou e a aproximou do quebra-cabeça. Ela, sem fazer qualquer gesto diferente, o apalpou. Enquanto isso o homem franzia a testa como se fosse ele quem estivesse se concentrando e o dono da mesa fingia um sorriso.

A menina tocou o quebra-cabeça durante o tempo que quis. Quando já parecia não querer tocar mais, o homem a pôs de novo no chão, apertou a mão do autor e procurou o prefeito. Ao vê-lo, quase sem o cumprimentar, perguntou como fazia para ter um lugar ali, se deveria pagar ou pedir alguma permissão. Quanto custavam uma cadeira e uma mesa.

As pessoas também não se lembram do quão sério era o Grêmio de Artistas do Quebra-cabeça. O número de lugares nunca podia ser outro que não quarenta, e só podiam ser ocupados por homens maiores de quarenta anos. O conteúdo do recipiente com as doações era dividido em partes iguais. Após o verão, as atividades permaneciam dois meses paradas.

Os domingos de dezembro eram para os iniciantes. A avaliação era feita na casa de alguns juízes, que eram cinco membros geralmente escolhidos ao acaso. Se encontravam às cinco e quarenta e cinco da manhã. A caixa, ainda coberta com o plástico, só podia ser aberta às seis. Ninguém tirava os olhos das peças até que o quebra-cabeça estivesse completo ou as badaladas da igreja marcassem seis da tarde. Se o iniciante superava a mesma prova dois domingos seguidos, entrava na lista de espera. Quando a menina chegou, fazia cinco anos que ninguém entrava e o padeiro estava há sete anos no topo da lista. O lugar no grêmio era vitalício, a não ser que durante o verão o dono do lugar falhasse dois sábados seguidos em completar o quebra-cabeça.

Depois de escutar a explicação do prefeito, o homem pediu que anotasse o nome da sua sobrinha para uma prova no primeiro domingo de dezembro. À noite não foram vistos por ninguém, nem na rua nem na pousada nem em nenhum dos restaurantes.

No primeiro domingo de dezembro, os delegados, um pouco incomodados, se reuniram na varanda de uma casa ao lado da praça. Se sentaram nas cadeiras que a mulher tinha ajeitado para eles e esperaram. O mais jovem tinha cinquenta anos e era gente de poucas palavras; todos os membros do grêmio eram gente de poucas palavras.

Uma brisa gelada vinha do rio. Ainda estava escuro. Às seis, decidiram que dariam outros quinze minutos para os forasteiros. Às seis e cinco, escutaram de longe os golpes secos das patas do cavalo batendo no chão. Às seis e dezesseis, a carroça parou em frente da casa.

O homem soltou as rédeas e pulou para o chão. A menina estava na caçamba, embalada numa coberta, com um gorro na cabeça e os mesmos óculos de antes lhe cobrindo quase todo o rosto.

— Chegam tarde – disse o anfitrião.

— Viemos de longe.

— Acorda logo ela se quer que ela faça a prova. Cada minuto conta.

— Ela é rápida – respondeu o homem. Apoiou o pé no eixo da carreta, tomou impulso, sacudiu a menina, levantando-a e tirando-a dali como se fosse uma boneca. Tirou os óculos dela e com a manga da camisa limpou a baba que escorria pelo queixo.

Também foi ele quem abriu, com uma navalha que tirou do bolso, a caixa do quebra-cabeça. Depois colocou a navalha no lugar, pegou a menina pela cintura e a pôs sentada. A boneca ganhou vida. Apalpou a tampa da caixa por um tempo; a abriu e espalhou as peças na mesa.

O homem nem se incomodou de estacionar sua carroça num lugar melhor. Também não desselou o cavalo, que às vezes bufava ou espantava moscas com o rabo. De vez em quando a menina apalpava, procurando a tampa, e a pegava com os dedos e recomeçava o trabalho.

Aos poucos, o sol apareceu no céu. Primeiro ofuscou o homem, depois os juízes, um por um, mas ninguém mudou de lugar. Às vezes, depois do clique de uma peça que encaixava na outra, a menina fazia uns barulhos. Parecia o riso de alguém que não soubesse rir. E de repente perceberam que tinha parado de fazer esforço; com a tampa no colo, passava a palma da mão pela superfície do quebra-cabeça montado de modo primoroso.

Um por um, apertaram a mão do homem e lhe disseram que não poderiam voltar no próximo domingo. O homem perguntou por que e lhe responderam que os estatutos limitavam a entrada a homens maiores de quarenta anos. O homem lhes respondeu que ia debater o estatuto com o prefeito e apertou mais uma vez a mão de cada um deles. Quando a carroça desapareceu por trás da igreja, foram olhar o relógio da sala. Eram sete e vinte da manhã.

Os meses seguintes foram tensos. O homem tinha conseguido um trabalho com o prefeito. Era um excelente funcionário, mas seu jeito incomodava as pessoas. Ninguém gostava da sua voz, da sua maneira de rir sem olhar para seu interlocutor, ou do modo que se sentava para esperar, uma perna cruzada por cima da outra e o pé balançando sem parar. Não cumprimentava ninguém na rua, não ia nem à taberna nem à igreja, e gostava de cuspir, com um sorriso vagamente elétrico, não importava onde estivesse. Além disso, o prefeito estava pressionando o grêmio a abrir uma exceção e aceitar a menina como membro número quarenta e um.

Nesse ano, a menina não foi o sucesso que o prefeito esperava. Montou rápido seu quebra-cabeça e depois de tocá-lo por um tempo, ficou quieta. Após a cerimônia, os turistas evitaram a mesa dela, sentada ali com a boca entreaberta, o queixo apoiado no peito babado, e os óculos que o homem tinha pendurado no pescoço, caídos na barriga. Os olhos estavam abertos, quietos e turvos como duas bolas de gude abandonadas. Perto dali, passeando entre uma árvore e a margem do rio, estava o homem. Às vezes parava, olhava os turistas, a banda, os velhos, o prefeito, o padre, a menina, e retomava o passeio entre a árvore e a margem do rio.

Mas não era por acaso que o prefeito era o homem mais rico do povoado. No verão seguinte puseram uma mesa muito grande em um lugar afastado das outras mesas, no final da fila, em cima de um palanque com outro recipiente para o dinheiro. O letreiro também pedia doações para o Grêmio de Artistas do Quebra-cabeça, mas tinha o símbolo da municipalidade. Imediatamente após a revisão das mesas, em vez de ir falar com o padre ou com um grupo de turistas, o prefeito subiu no palanque.

Alguém tinha lhe dado um megafone. A banda tinha ficado em silêncio de repente. Moças de vestidos coloridos distribuíam cervejas enquanto ele falava. Elogiou a tradição que os tinha unido e deu os parabéns aos participantes. Agradeceu a presença dos turistas e a atenção para com uma gente humilde que encarnava o espírito criativo de uma nação que, como demonstrado ano após ano, existia para grandes feitos. Pediu aplausos para o padre, como homenagem a um líder espiritual que conhecia a importância dos costumes seculares dos seus paroquianos. Mas até mesmo para as melhores tradições chegava o momento de evoluir. De terras longínquas, cheio de desejos de se revelar ao mundo, tinha chegado naquele ano um talento excepcional. Uma criança, e, além disso, surda, muda e cega, que era a maior montadora de quebra-cabeça de todos os tempos. E nesse momento o homem, com um terno grande demais para ele e uma gravata azul, subiu ao palanque de mãos dadas com a menina.

Uma moça lhe deu uma caixa. Com a navalha ele a abriu, a pôs em cima da mesa e colocou a menina sentada. Entre os galhos das árvores vizinhos, acenderam lâmpadas que não seriam necessárias; a menina terminou quarenta e dois minutos depois, quando o sol ainda não tinha se ocultado.

Duas moças que tinham distribuído a cerveja tiraram a tampa da mesa, que já estava montada para que isso fosse feito, e entregaram para dois homens próximos ao palanque. Enquanto o quebra-cabeça desfilava entre as pessoas e o barulho aumentava, com aplausos espontâneos surgindo aqui e ali, o homem levantou a menina e a levou para trás do palco.

Nos anos seguintes, o homem não conseguiu repetir essa escapada com a menina. Tinha contratado outra moça para que levantasse a menina assim que terminasse; e ainda que nesse primeiro momento, quando era agarrada pela cintura e afastada do quebra-cabeça que tinha acabado de montar, ela abrisse a boca como se fosse gritar, estendendo os dois braços, o seu corpo quase que imediatamente recuperava a desagradável moleza de sempre. Enquanto as pessoas aplaudiam e brindavam com cerveja, o homem, com a camisa xadrez e um cigarro nos lábios, olhava para o nada e de vez em quando dava uma cusparada para o lado.

A primeira peça foi perdida no terceiro verão em que a menina fez seu espetáculo. Naquele tempo o palanque tinha crescido, a menina montava um quebra-cabeça enorme, feito justamente para o evento, e o público tinha aumentado tanto que, por comodidade e espaço, tinham levado as mesas para a praça. Os jornalistas consideraram a perda da peça um incidente curioso, porém, menor, um detalhe para condimentar suas crônicas, que começavam a soar repetitivas após três anos da mesma coisa nas mesmas datas; mas para as pessoas do povoado, e principalmente para o grêmio, foi uma coisa terrível.

Nunca, nos inúmeros anos daquela tradição, uma peça tinha sido perdida. A vítima foi o filho mais velho do barbeiro. Seu pai, que também tinha uma mesa, foi o mais atingido pela notícia.

As autoridades lidaram com a crise do jeito que podiam. O prefeito e o padre conversaram a sós com o responsável do quebra-cabeça incompleto, sua mulher o acompanhou até em casa e sua mesa foi coberta com uma toalha de mesa. O acordo era que o ancião, pai da vítima, não devia ser informado até a manhã seguinte, em uma reunião oficial. Mas apesar das precauções, o velho ficou sabendo. Uma das suas netas escapou em um momento de confusão, se esgueirando entre as pessoas, e foi até o seu avô, que estava na primeira fila de espectadores em frente ao palanque, puxou a calça dele e lhe contou várias vezes, uma mais devagar que a outra, que seu papai tinha perdido uma peça; até que o velho se levantou, a pegou pela mão e começou a abrir caminho, com o olhar fixo em um lugar que não estava nesse mundo.

O grêmio, ferido em seu amor próprio, exigiu que a prefeitura realizasse mudanças imediatas e radicais. Uma catástrofe como a perda de uma peça só podia ser explicada pelo lamentável relaxamento dos costumes que tinha ocorrido de maneira insidiosamente espontânea depois da chegada da menina prodígio. Ao afirmar isso, o grêmio não pretendia insinuar sua insatisfação com a nova era, cujo início tinha sido marcado por essa providencial chegada; mas a menina, ainda que fosse a mais dotada no momento, não era a única praticante daquela arte milenar. Tal arte existia em uma esfera superior, independentemente dos seus adeptos, e era em defesa do seu espaço sagrado que o grêmio exigia o retorno das velhas práticas. As mesas tinham que voltar para a margem do rio, e a velha ordem, cada vez mais desrespeitada, de que as pessoas não poderiam se aproximar dos artistas enquanto faziam o seu trabalho, tinha que ser reforçada através de um decreto. De fato, o grêmio se atrevia a sugerir que fosse instalada uma grade com não mais de um metro, que ficaria na frente das mesas, para marcar a barreira tradicional e legal por meio de um elemento físico, porém eloquente. Uma segunda grade deveria proteger o palanque da menina. A atmosfera festiva dos últimos anos tinha seu encanto, mas a razão e a justificativa dessa alegria, com o pretexto de proteger a espontaneidade do sentimento popular, não podiam colocá-los em perigo. O grêmio acreditava que a prefeitura e seu titular, que sempre tinham sido defensores da tradição, acolheriam essas sugestões com a celeridade que elas mereciam.

A resposta foi evasiva. Tinha que agradecer ao grêmio não apenas por tomar a iniciativa de fazer sugestões bem examinadas naquela crise, mas também por nutrir com seu trabalho a tradição que era uma das razões de ser da comunidade. A prefeitura consideraria com muito cuidado os comentários e inquietações, não apenas do grêmio, mas de qualquer outro grupo ou indivíduo interessado no bem-estar do povo e na manutenção da sua história e instituições. Porém, se permitia observar que ainda restavam três sábados de verão em que o espetáculo deveria acontecer; que oito dias era um prazo muito curto para efetuar tais mudanças; e que no fundo tudo se reduzia à perda de uma peça, situação que também, se poderia especular, poderia ser consequência de um defeito de fábrica. Como medida de emergência, a prefeitura mobilizaria nos três sábados seguintes os juízes e um grupo de voluntários que vigiariam o trabalho dos artistas e garantiriam que não houvesse nenhum problema.

Nos dois sábados seguintes, não aconteceu nada estranho. No último dia, foi o próprio barbeiro que perdeu uma peça. Na manhã seguinte, o ancião apresentou sua demissão ao grêmio, em uma carta emocionalmente desoladora tanto pela beleza da sua linguagem formal como pela pureza da sua nostalgia.

O grêmio ficou em choque. O sentimento era de que um guerreiro veterano tinha caído na batalha contra um inimigo sem honra que, além disso, tinha o péssimo hábito de ser invisível. E não apenas as duas perdas tinham acontecido na mesma família, mas as próprias peças eram parecidas. No caso da do filho, tinha sido o centro do olho de um alce, no ponto onde a luz lhe imprimia um arco de cor branca; e na do ancião, o olho de uma coruja, semicerrado de concentração enquanto seu dono mantinha preso um rato que tinha acabado de capturar. Por isso não faltou quem visse nessa coincidência um teor macabro, uma insinuação demoníaca.

No ano seguinte, o prefeito implementou todas as medidas sugeridas pelo grêmio. O fracasso foi colossal. No primeiro sábado foram perdidas duas peças, no segundo, seis, no terceiro, cinco. No último, faltaram vinte e duas, incluindo dez do quebra-cabeça da menina. Ainda existem cópias da foto do enorme quebra-cabeça incompleto, feita por um turista que conseguiu subir no palanque e tirar a toalha antes que o fizessem descer na marra. Faltam as gemas do indicador e do anular de cada uma das cinco crianças que, apoiadas na janela e com os olhos parecendo pratos, olham para o pintor refletido no vidro.

O inspetor L... chegou ao povoado numa noite de dezembro. A chuva tinha arrebentado seu guarda-chuva de uma tal maneira que ele parecia um cachucho velho de lã; os óculos redondos e frágeis estavam embaçados, e as gotas que ainda caíam do seu bigode mesmo depois de secá-lo na sala do prefeito lhe davam um ar levemente estúpido. Era careca, magro, de estatura mediana, se vestia de um modo tão neutro que vê-lo dava a impressão de que se estivesse olhando de soslaio para um espelho que não refletia ninguém.

— Muita chuva – disse, se sentando.

— O inverno aqui é assim – disse o prefeito.

L... era famoso pelos casos que tinha resolvido, mas mesmo assim ninguém sabia como era a sua aparência. Ele queria manter isso porque seu método não era nem dedutivo nem lógico, e se tivesse que o descrever, talvez dissesse "teatral" ou utilizasse erroneamente o termo "psicológico". Tinha uma habilidade especial para intuir os detalhes mais ocultos da alma através de um estudo dos gestos, das atitudes, das nuances da fala e da roupa dos seus interlocutores, principalmente se estavam tentando esconder dele alguma coisa; mas para ganhar a confiança deles, precisava justamente que eles não tivesse nem ideia de quem era ele. Por isso, duas semanas depois chegou ao povoado uma anciã escritora aposentada que logo fez amizade com muita gente. Era enérgica para sua idade, e as pessoas se acostumaram a ver seu cabelo branco desarrumado, seus seios grandes, sua pequena corcunda, seus óculos com armação de plástico, as canetas no bolso da sua blusa e o livro que sempre carregava debaixo do braço. Parecia possuir um interesse especial no homem que, naquela época, já vivia com a menina na pequena casa do antigo mordomo, nos terrenos do prefeito. Era comum vê-los juntos pelas ruas, em um dos restaurantes ou à beira do rio, a anciã com um cachecol elegante e um cigarro com piteira, e o homem de camisa, dando passos firmes que faziam a escritora ter de se esforçar para acompanhá-lo, falando sem parar e gesticulando bastante. De vez em quando, cuspia para o lado e sua colega de caminhada não o chamava a atenção.

Um mês e meio antes do início oficial do verão, L... e o homem pediram um encontro com o prefeito, que os recebeu depois do jantar, no seu escritório do segundo andar, com a enorme janela que dava para o bosque, e não fez nenhum comentário ao ver que L... tinha voltado a usar o mesmo disfarce de quando o conhecera. Ofereceu uísque e charuto para os dois, mas nenhum deles aceitou, e então o prefeito pediu que fossem direto ao assunto.

— Meu amigo – disse L... –, quero contar para você como estavam roubando as peças e explicar o motivo.

— Contar é fácil – disse o homem com a sua voz desagradável –, mas o motivo eu mostro.

— Explique como quiser. Tenho tempo.

— Nos fins de semana que vou à cidade cumprir suas ordens, às vezes fico em uma pousada perto da fábrica de quebra-cabeças. Quando têm um pedido grande, trabalham aos sábados também, e a porta da recepção fica aberta. Há uma loja aí. Comecei comprando quebra-cabeças danificados para ela. Saem muito baratos quando estão danificados. Era para ela treinar. Claro que percebi que estava brincando com as fichas depois de treinar, mas não dei muita importância, porque é bem ajuizada. Parecia contente. Por isso tive a ideia de levar um catálogo para ela. Queria que escolhesse algum de que gostasse.

O homem respirou fundo e olhou para o chão antes de continuar.

— As pessoas pensam que não fala, mas ela tem sua maneira de me dizer as coisas. Levar um catálogo para ela foi uma má ideia. Nesse catálogo sempre estão os quebra-cabeças que serão trazidos para o festival. Você sabe que o melhor fica guardado para o festival. E enlouqueceu. Não parava quieta. Toda hora ia para a cova, onde fica o jogo, e depois vinha até mim, com o catálogo na mão. Fazia barulhos. Vocês não ouviram o barulho que ela faz quando quer alguma coisa. Comprei outros, mas não eram os que ela queria. Quase não os montava. Eu estava ficando maluco. Faltavam duas semanas para o festival e eu sabia que você tinha os quebra-cabeças reservados para o festival guardados na adega. De noite, entrei por uma janela que deixei aberta de manhã. Peguei o primeiro que encontrei. A ideia era deixar que ela armasse, guardá-lo de novo e devolvê-lo antes do festival, para ver se assim ela parava de me perturbar. E agora sim aceito esse uísque.

O prefeito lhe serviu o uísque e o homem tomou um gole. Quando voltou a falar, olhava para um ponto bem além do seu interlocutor.

— Senti medo quando percebi que tinha perdido uma peça. Bati nela. Nunca tinha batido nela. Quando parou de fazer barulhos, me pegou pela mão, me levou até a cova e me mostrou a colmeia. Uma das primeiras peças que roubou é um olho de alce, mas na colmeia sou eu. Ou melhor, minha cabeça – bebeu outro gole de whisky antes de continuar. – Não consigo explicar e, se tento, vai pensar que estou louco. Por isso lhe digo que agorinha mesmo temos que ir lá, para que você veja. Então em vez de lhe explicar, vou dizer que, depois de ver a colmeia, a única coisa que eu podia fazer era ajudá-la a terminar. Por isso continuei levando quebra-cabeças para ela, ainda que soubesse que ia roubar peças. Levava todos os que ela queria. É preciso ajudá-la a completar e por isso me convenci de vir aqui contar a verdade, mesmo sabendo que todo mundo suspeita e que você vai querer me mandar embora; mas se você vir a colmeia, vai nos perdoar e também nos ajudar.

Quando saíram, a noite estava clara. A brisa sussurrava entre as folhas. Cruzaram o bosque escutando os sons, sem nada dizer. A cova era um buraco cavado ao lado de uma grande rocha a uns vinte metros da casinha. A entrada era estreita. O homem deu um passo para o lado, para deixar o prefeito passar. Depois quis que L... entrasse, mas ele negou com a cabeça.

A escuridão era total. O homem, gaguejando a ponto de quase não se entender o que dizia, pediu desculpas. Ele tinha visto a colmeia de dia e não tinha pensado na luz. Pediu que os dois aguardassem um instante enquanto ele trazia o lampião.

— Você acha que está louco? – perguntou o prefeito, quando o homem se foi.

— Vamos ver... – respondeu L...

O lampião se apagou a poucos metros da cova. Entrou no escuro, xingando, e demorou até conseguir acendê-lo de novo. A chama oscilou, finalmente pegou, e a colmeia se abriu diante deles como um fruto cuja polpa contivesse as inúmeras formas do mundo.

O buraco era mais ou menos semiesférico e a colmeia o tomava quase todo. Os três estavam no centro de uma espécie de favo de abelhas construído com pequenos galhos, fiapos de grama seca, penas, pedaços de papel, pedrinhas, tudo grudado com barro e argila. Os hexágonos pareciam compostos por pequenas árvores entrelaçadas. No centro de cada um deles havia imagens feitas de peças de quebra-cabeça, e ao se aproximar para examiná-las, se percebia que eram pessoas do povoado.

A poucos centímetros do nariz o prefeito tinha a imagem viva de um dos seus funcionários. Estava feito com peças de um mesmo quebra-cabeça que talvez representasse um bosque no outono. As quatro peças em uma posição regular, grudadas com argila, e eram o funcionário. Até seu nome, R... J..., que o prefeito nunca tinha conseguido aprender, estava de alguma maneira ali naquela posição alucinada dessas quatro peças. O prefeito se deslocou um pouco para poder examiná-las de outra perspectiva e quase desmaiou quando percebeu.

Os hexágonos eram profundos. A colmeia tinha capas. Atrás de R... J... estava outra vez R... J..., três peças de cores furiosas que batiam em sua mulher com um cinto de couro. Atrás se encontrava o mesmo funcionário, mas quando tinha vinte anos, sorrindo espontaneamente e adormecendo com o filho nos braços. A doença do bebê era evidente na precária posição da peça que o representava. Atrás havia outras figuras, que só podiam ser vistas através das frestas. O prefeito fechou os olhos. Suas mãos tremiam.

— É uma obra-prima – disse, quando abriu os olhos.

— É mais que isso – disse L..., abaixado num canto, observando as duas crianças que brincavam com um cachorro e pareciam que em qualquer momento começariam a rir. – Acho que é a verdade.

— O que você quer dizer com isso?

— Que aqui está a verdadeira história de cada uma das pessoas do povoado. Não sei como isso é possível, mas é isso que acho.

— Sim – disse o prefeito. Estava vendo outro dos hexágonos. – Eu também acho isso.

— Disse para vocês – disse o homem. Ambos tinham esquecido que ele estava ali e se viraram assustados. Ele sorria.

— Farei de tudo para que ela complete – disse o prefeito. – Será um orgulho.

— Obrigado, prefeito. Sabia que entenderia.

L... queria ficar um tempo ali olhando a colmeia, mas o prefeito insistiu que já era tarde e que chegaria o momento de vê-la melhor, com mais luz e quando estivesse completa.

Assim que os visitantes foram embora, o homem voltou para casa, colocou a menina para dormir e retornou para a cova. Pôs o lampião no chão e olhou para cima, para a parte mais alta. A menina estava ali, em um hexágono menor que os outros. Das suas mãos estendidas, representadas pelas dez peças que anos antes tinha tirado do seu próprio quebra-cabeça durante o espetáculo, se derramava o resto da colmeia, como uma árvore destinada a ser infinita, crescendo para baixo de forma alegre e ao mesmo tempo minuciosa. E se chegava um pouco para o lado e olhava com atenção, via que atrás da menina não havia outra figura que a representasse mais nova. Havia um homem, ele próprio. Tinha os braços cruzados, a protegendo a distância. Tinha olhado muito para outras partes da colmeia, mas sempre retornava para essa. Olhava a menina e depois olhava a si mesmo.

Voltando para sua mansão, o prefeito falou com entusiasmo com L... Tinha que preparar as coisas para que a revelação dessa obra-prima não passasse despercebida. Tinha amigos jornalistas na cidade; um deles era diretor de um conhecido jornal. Quando L... vai embora? No último trem dessa noite? Perfeito. Poderia enviar uma mensagem a tal código postal? Pegou um caderninho e uma caneta e rabiscou umas linhas na frente da porta dos fundos. Arrancou a folha, entregou o papel e apertou a mão dele.

Depois deu um tapa na própria testa e caiu na gargalhada. Procurou outra vez nos bolsos, pegou o talão de cheques e escreveu. Deu o cheque para L... e se desculpou por ainda não poder dar a gorjeta que ele merecia; tinha que fechar uns negócios, mas quando a correspondência retornasse, ele receberia o resto da recompensa. Não apenas tinha salvado a tradição como a tinha reforçado. Na verdade tinha feito um excelente trabalho. Quase se esquecia: qual era seu endereço na cidade? Pegou de novo o caderninho, escreveu mais uma vez e apertou a mão dele.

De madrugada, enquanto tanto a casa no meio do bosque como o interior da casa ardiam em chamas, o prefeito foi de pijama e sandália até seu escritório. Sabia que da janela poderia ver o fogo. Ficou ali olhando durante muito tempo. Às vezes examinava o reflexo no vidro; depois se concentrava de novo nas chamas.

Algumas horas depois, no trem, L... acordou e pôs a mão na testa para ver se estava com febre. Tinha tido um pesadelo longo e detalhado. Enquanto fracassava na tentativa de se lembrar dele, se deu conta de que uma ideia fixa estava tentando entrar na sua consciência. Não tinha visto a figura do prefeito na escultura. Tinha que estar ali. Estava todo mundo do povoado. Teria sido uma boa ideia detalhar o que havia atrás. Pensou que o prefeito, depois da surpresa, tinha ficado parado em um ponto da cova e não se moveu dali até convencê-los a irem embora.

Tinha sido enganado. Sem dúvida.

L... possuía uma virtude superlativa em um investigador: era humilde. Isso o ajudava a aceitar seus erros com a rapidez necessária para corrigi-los a tempo. Disse para si mesmo que tomaria banho assim que chegasse, mudaria de disfarce e voltaria para o povoado no primeiro trem.

Faltava uma hora para chegar. Para relaxar, revisou mentalmente seus disfarces. Peça por peça tocou neles na sua imaginação, os colocou sobre a cama, fez alguns ajustes, os admirou e os guardou de novo no armário grande. Era um ritual que sempre o tranquilizava. Quando chegou ao apartamento e abriu a porta, um homem contratado pelo prefeito estava escondido nesse mesmo armário, o esperando.

Alguns anos depois, um menino que tinha entrado no terreno do prefeito para brincar tropeçou enquanto fugia dos cães. Ao fazer força para se levantar, puxou uma coisa com a mão. Guardou no bolso e horas depois de ter pulado o muro, se lembrou dela.

Estava sentado à margem do rio com os pés na água. Tirou o objeto do bolso e o olhou. Eram três peças de um quebra-cabeça coladas com argila e eram ele próprio. Ele mesmo estava em suas próprias mãos, pequeno, perfeito porém incompleto, com o passado vazio e lançado ao futuro. Ao mesmo tempo aterrorizado e iluminado, guardou aquele milagre no bolso.

Uma joaninha

It will be the past
and we'll live there together,
not as it was to live
but as it is remembered.

Patrick Phillips, Heaven

(...) um prendedor em forma de joaninha. Me mostra o tamanho com os dedos: meio centímetro de diâmetro. É de prata pintada com esmalte, recém-comprado. Tanto o vermelho como o preto brilham no sol. O vestido da sua filha é azeviche, o prendedor se destaca e ele pensa que um morango caiu no peito dela; mas quando ela se levanta e corre até ele, aquilo continua ali no lugar e isso lhe parece uma coisa mágica.

Depois do abraço ela mostra para ele. Ele elogia, beija a testa dela e de repente finge que o arranca.

A joaninha voa. A menina tenta agarrá-la. A joaninha escapa, pousa no pescoço dela, que sente cosquinhas. Os dois rolam na grama, às gargalhadas. Quando se levantam, o prendedor não está mais ali.

Ele o procura, mas ela fica impaciente. O dia acaba. Na cozinha, sua mãe está preparando uma torta. Por fim ela pega na mão dele e ele se deixa levar, ainda que relutante. Sente, não sei se então ou agora, que perdeu alguma coisa mais do que a joaninha. Algo crucial, embora pequeno, fácil de sumir.

Releio minha descrição da perda do prendedor e me surpreende que a tenha escrito no presente. Talvez tenha feito dessa maneira porque Sáenz me fez várias vezes sentir que o tem na palma da mão, que o pega entre o polegar e o indicador para me mostrar.

Claro, não é que tenha feito gestos assim, que tenha acreditado que o tinha de verdade. Sáenz não sofre de esquizofrenia. É um cara normal sem nenhuma tendência ao delírio. O que tem é síndrome de Korsakoff; amnésia anterógrada irreversível, provavelmente causada pelo consumo excessivo de álcool. É um caso exemplar que poderia ser incluído em um livro didático. Aquilo do prendedor é uma das suas últimas recordações, e em certo sentido não é incomum que fique tão animado quando fale dele. Os pacientes com esse tipo de amnésia vivem em um permanente estado de desorientação e ansiedade de que só se livram quando falam do passado. Então voltam a ser por um instante aqueles que lembram ter sido. O presente, que para eles é um troço inatingível, retrocede à medida que suas palavras dão ao mundo de décadas atrás, que é o único que conhecem, uma espécie de consistência. A brecha que os separa de si mesmos parece se fechar. E no entanto não me parece que isso seja suficiente para explicar não o entusiasmo de Sáenz ao falar da joaninha, mas sim a maneira como me contagia sempre que fala disso. Já escutei essa história mais de dez vezes e nunca deixei de me comover. Quando fala de outras lembranças – sua infância, seu casamento ou seu primeiro trabalho, as únicas coisas de que não se esqueceu – sua expressão e seus gestos se enchem de energia, e sua voz, que geralmente é fanhosa e hesitante, fica firme e bem modulada, como se a sua caixa torácica fosse um instrumento rachado que alguém tivesse acabado de consertar. Mas a coisa do prendedor é especial. Quando fala dele tem a capacidade de em parte invocá-lo, de trazer sua miragem para o presente, e às vezes vem vontade de lhe pedir que mostre o prendedor, mas então é preciso segurar o sorriso ao se lembrar que ele o perdeu há dezesseis anos.

Minha hipótese é um tanto extravagante e não me atreveria a contá-la para nenhum colega. Suponho que em alguma parte do cérebro devastado de Sáenz – mas qual, se os exames revelam lesões agudas nos corpos mamilares, o núcleo de Meynert, o lóbulo frontal e inclusive o núcleo do rafe? – se instalou uma espécie de consciência, vaga, mas não por isso menos difícil de ignorar, da natureza da sua doença. Que ele, portanto, sabe o que acontece com ele, e que a perda do prendedor tem grande importância simbólica para ele.

Acredito que por isso fala dele com tanta intensidade; que quer recuperá-lo ao descrevê-lo. A joaninha que há dezesseis anos ele e sua filha deixaram esquecida numa manhã contém o seu passado. É a medida exata do incomensurável que perdeu para sempre. O resto da infância e da adolescência de Marta; a doença e a morte da sua esposa; seus anos de vagabundagem e alcoolismo. Mas também todos os detalhes cotidianos que deram corpo, com a sua lenta acumulação sem grandes sobressaltos, a essa década e meia. Horas no carro, no ônibus ou caminhando. Cafés da manhã, almoços e lanches, em casa, em hotéis, em restaurantes e depois em refeitórios comunitários. A distribuição dos móveis nos lugares onde morou. Portas de elevadores que se abrem, se fecham. Piadas. Programas de televisão. Ligações da família, dos amigos, de vendedores de seguro, de agentes bancários, e por fim um longo período sem ligações. Acredito, portanto, que ele sente que essa joaninha esconde esses dezesseis anos por inteiro, o tempo que lhe falta para voltar a si no sentido literal da expressão.

Quando Marta o visita, quase nunca ele a reconhece. Melhor assim, mesmo percebendo que é sua filha. Então a impressão de que sua menina cresceu, em um piscar de olhos se tornou uma adulta, o desconcerta, e ele começa a suspeitar ou a entender que muitas outras coisas mudaram, e entra em crise. Às vezes responde chorando, em outras com acesso de raiva. Ela olha para ele em silêncio, com um estoicismo que, devo confessar, me parece antinatural. De vez em quando a filha me perturba até mais que o pai.

Quase sempre, a reconhecendo ou não, acaba falando da joaninha. É uma pena e, principalmente para um neurologista, é também transtornador. O sujeito sabe, e se supõe especialista, embora por sorte quase nunca pense nisso, que na própria cabeça, em um emaranhado de tecidos que caberia na palma da mão, estão os rostos da própria mãe e da Gioconda, a melodia de *Para Elisa*, a de *Yesterday* e da canção de feliz aniversário, a cor vermelha, a tibieza do sol, o barulho da chuva, o sabor do que se comeu ontem de noite, o eco do que sonhou e também o futuro. Porque Sáenz, com seu olhar perdido, seus cumprimentos desalentados que não servem para nada, porque esquecerá seu interlocutor nos próximos minutos, seus sorrisos humildes e frustrados, suas perguntas infantis – Onde estamos? Que dia é hoje? Onde é o banheiro? –, é testemunho vivo de que o tempo que vem é inacessível sem aquele que o precede, e de que toda ação com um mínimo de sentido parte da base, tão precária como fácil de subestimar, da nossa memória.

***

(...) um prendedor em forma de joaninha, pequenino, novo. Claro que me lembro. Ele mesmo me deu de presente, mas não tinha me falado disso. De repente se esqueceu. É difícil estabelecer com exatidão o ponto em que começa seu esquecimento e acaba sua memória. O médico diz que sabe precisar, e geralmente não se equivoca. Nos últimos meses de 82. Eu tinha quatro anos. Mas há uma coisa porosa aí. Como se a sua memória fosse uma pintura na qual do nada começassem a aparecer buracos, a perder os tons e os contornos das figuras, até o ponto em que já não há nada. E a joaninha é uma das últimas ilhas. Para ele deve ser como uma brasa sobre cinzas. Em parte deve ser por isso que se agarra a ela. Por isso e porque é uma coisa pequenininha, simples. Um objeto desses que com algum esforço uma pessoa consegue se lembrar com detalhes. Como as moedinhas que já não existem mais e nos davam para a merenda no colégio, ou aquelas presilhas metálicas, as minhas favoritas eram as amarelas, que usávamos para prender o cabelo antes de jogar vôlei ou de ensaiar os passos de dança durante o recreio.

Olha, Maribel, acho que o mais difícil de voltar a vê-lo foi ter que aceitar que meu pai já não é o homem que fez o que me fez. Que esse homem já não existe. Que a base do meu ódio, que também é a de mim mesma, se dissolveu no ar. Que de alguma maneira a sua amnésia também tirou meu chão. Que ele ajeitou tudo isso para mais uma vez foder com a minha vida, mas agora sem nenhuma responsabilidade sua.

Mas isso não é tudo. O mais cruel é que voltou a ser o que era *antes*. Antes da morte da mamãe, dos problemas com dinheiro, da bebida. Que voltou a ser, a palavra me parece impossível de escrever, terei que separar as letras para conseguir, me concentrando em cada uma delas para não me perder no buraco negro dessa ideia: i n o c e n t e.

Sei o que você está pensando. Claro que continua sendo ele. Não enlouqueci nem me transformei numa idiota. Mas entende que é o de antes. É meu pai quando eu tinha quatro anos, e nessa época, não consigo descrevê-lo, mas sinto que tenho que tentar, tenho que me forçar a entender isso, a pôr em palavras, de uma forma ao mesmo tempo simples e inumana, essa deformidade fora de toda ordem que afetou o tempo dele e, junto, monstruosamente, deixou o meu tempo intacto; nessa época ele era um bom pai. Eu o amava demais; mais do que eu amava minha mãe, o mundo e a mim mesma. E ele também me amava, sem excessos, de um modo forte e ao mesmo tempo inocente, como um pai ama sua filha. Porque sei que foi a morte da mamãe o que começou a lhe causar danos mentais.

Preferia que estivesse morto. Preferia tê-lo matado esse dia que veio me procurar no teu apartamento. Matá-lo agora não teria sentido. Quem fez o que ele fez não morreu, apenas desvaneceu. Não chega a ser sequer um fantasma. Nem um fantasma desse monstro me resta. E eu fiquei vazia de uma maneira que só você pode entender, porque só para você contei essas coisas, e por isso me atrevi a quebrar meu silêncio, que já durava três anos, para escrever essa carta.

***

— Não quero falar sobre isso. Realmente já não tenho mais nenhum interesse. Vim aqui para te dizer que não vou visitá-lo, mas quero que você lhe entregue uma coisa.

A moça mete a mão na bolsa. É preta como também é o resto do seu traje: as botas militares, a saia, a blusa, a jaqueta de couro, a armação dos óculos, os piercings no nariz e na sobrancelha. Então o médico percebe que há um brilho de lágrimas nos olhos e entende que se excedeu. Não deveria ter começado a trabalhar com Sáenz sem avisar sua família. Seu interesse no caso o deixou cego. Meio sem jeito, recebe a caixinha.

— É o mesmo?

— Não seja bobo – ela ri, mas o médico não se descontrai. – Eu o comprei ontem.

— Não entendo.

— Não tem que entender nada. Simplesmente não vou voltar, mas quero que lhe entregue isso. E também não vou permitir que continue trabalhando com ele. Eu sou sua filha, tenho esse direito, e acho que está claro que ele não está em condições de tomar decisões.

— Mas é que...

— O quê?

— Me desculpa, mas pelo que entendi você não quer manter o vínculo de jeito nenhum.

— Claro que não.

— Mas quer que lhe entregue isso e o prendedor não é o prendedor. Você entende.

— Hein?

— O prendedor é um objeto simples, e acho que em parte é por isso que a lembrança gira em torno dele. Mas isso não é seu centro. A joaninha é como uma espécie de truque de mnemotécnica. A associação com ele permitiu ao seu pai manter um fragmento de sua memória a salvo da amnésia, mas o sentido desse fragmento, o que ele obsessivamente tenta evitar que se dissolva, não é a joaninha, mas tudo aquilo que a cerca. Você o ouviu. Sempre que fala dela se refere a você, ao pátio e à casa, à sua mãe que está preparando uma torta lá dentro. E eu sei que você entende perfeitamente o que isso significa. Então não compreendo por que quer que eu lhe entregue essa réplica quando ao mesmo tempo não quer vê-lo novamente. Aí há uma contradição, mas estou me excedendo – enrubescido, o médico se senta na sua cadeira. – Não estou pensando com clareza. Por favor, me desculpe.

Então, ao ver que seu interlocutor pegou um lenço para secar os óculos, Marta entende que é um homem muito solitário e sente pena. Mas uma pena fácil de se ignorar.

Estende a mão e o médico lhe devolve o prendedor. Fica olhando para ele por um tempo.

— Onde ele está?

— A essa hora acabou de almoçar. Estará vendo televisão ou ainda na cafeteria.

Marta se levanta, prende a joaninha na lapela, verifica se se destaca como uma brasa sobre as cinzas, guarda a caixinha em um dos bolsos e sai do consultório sem se despedir.

Uma larva

Parecia a peça de alguma coisa, mas do quê? Ou uma pinça, porque terminava em duas patas curvadas para dentro, flexíveis e frias; no entanto, por mais força que fizesse, Raul não conseguia fazer com que se tocassem. No máximo se aproximavam alguns milímetros. E o cabo, ou a cabeça, porque era isso que parecia, era uma esfera verde sob a lua mas azulada se iluminada com luz elétrica, e no seu interior havia bolhas. Olhando para elas durante um tempo, se notava que elas se moviam. Se aproximavam do centro em um ritmo lento e constante, como o de um fuso horário. E se a peça era agitada ou caía, não alterava em nada; continuavam se aproximando com a mesma lentidão.

Tinha encontrado a peça numa noite em que tinha saído tarde da biblioteca. Fazer isso pela porta principal, com sua escadaria e seus faróis, era mais solene, mas Raul preferia a penumbra, o silêncio, as luzes dos edifícios distantes bem depois do parque, as árvores, os brinquedos vazios, os bancos. Ali o barulho do trânsito ficava muito mais longe do que em qualquer outra parte da cidade. E em uma dessas saídas a encontrou, mais ou menos às nove e quinze da noite, jogada ali perto dos brinquedos.

Primeiro viu uma coisa brilhando e pensou que alguém tivesse perdido uma moeda ou uma bola de gude. Chegou perto, a pegou e foi caminhando enquanto a examinava, certo de que se tratava de uma peça de alguma coisa. De um brinquedo? Tinha a sensação de que uma criança a tivesse deixado cair, talvez porque a tivesse encontrado abandonada a poucos passos do balanço, mas não fazia ideia a que tipo de brinquedo uma coisa dessa podia pertencer. E lhe custava aceitar que fosse de um adulto; um instrumento de algum tipo, um medidor, uma ferramenta. E embora suspeitasse que não fosse nenhuma dessas coisas, aquilo também não parecia com nada que ele conhecesse ou fosse capaz de imaginar. Media um palmo. E o diâmetro da esfera era de uns três centímetros.

Quando veio o ônibus que servia para ele, a pôs no bolso da jaqueta e a esqueceu aí. Somente semanas depois, quando viu a menina jogando amarelinha, se lembrou de onde tinha deixado a peça.

Também viu a menina de noite e mais ou menos no mesmo lugar, embora fosse um pouco mais cedo. Umas oito e meia, porque a biblioteca ainda não estava fechada. Tinha saído antes porque queria cometer o pecado, já venial para sua idade, de fumar olhando a lua. Depois dos primeiros tragos, apoiou os cotovelos no muro ao longo das escadas e a viu.

Sorriu. Tinha havido uma época em que ver crianças dava raiva, mas isso tinha sido há muitos anos, quando ainda era recente a morte da sua neta. Aos poucos a ira passou. Tinha aprendido, o que lhe parecia monstruoso uma década antes, a se alegrar pelas vidas de outras crianças, mesmo que Flora estivesse morta. Já não lhe restava mais tempo. Tudo era seu, porque já nada lhe pertencia. Por isso sorriu quando viu a menina e deu um longo trago no cigarro.

Porém, logo se deu conta do quão estranho era aquilo tudo. Não era normal que uma criança de aparentemente uns cinco anos brincasse sozinha a uma hora dessas em um parque público; e seja lá o que ela usava para jogar amarelinha, brilhava com uma luz que naquela penumbra iluminava como um vaga-lume.

Desceu as escadas bem devagar, sem querer interromper a brincadeira, porém dizendo para si mesmo que tinha de falar com a menina, perguntar para ela onde estavam os seus pais. Mas ela logo chegou ao céu, pegou aquela coisa brilhante, o cumprimentou com uma das mãos e correu pela escuridão adentro. E Raul ficou um bom tempo ali parado nas escadas, imobilizado por um pressentimento.

Sabia o que deveria fazer, mas demorou até que tivesse a coragem necessária. Enquanto isso, passou, como sempre, os dias na biblioteca. Se levantava, arrumava a casa, tomava café da manhã na esquina e mais ou menos às dez da manhã chegava com o jornal debaixo do braço. Se sentava numa cadeira perto da janela. Quando se distraía, olhava o parque, cheio de crianças e jovens que passeavam com os cães. Almoçava na cafeteria. De tarde pegava um livro da estante e lia um pouco, bocejando. Esperava o soar da campainha anunciando que faltava meia hora para o fechamento. Devolvia o livro, cumprimentava o funcionário. Descia até a cafeteria, tomava um chá e comia alguma coisa rápida enquanto conversava com a atendente. Saía pela porta de trás. E antes de ir até o ponto, ficava um instante parado nas escadas, escrutando a escuridão, à procura da menina com a certeza de que não a encontraria.

Alguns meses mais tarde tomou a decisão, um pouco depois da sua festa de aniversário. Nesse dia, embora fosse segunda-feira, não tinha podido ir à biblioteca, porque um dos seus filhos tinha ligado no domingo, avisando-o que passaria de manhã para buscá-lo. E quando saiu, uma caravana de quatro carros o esperava na porta de casa. Estavam todos, inclusive Sonia, que morava no Canadá. Tudo bem que fazia oitenta anos e esperasse uma surpresa, mas não tanto assim.

O coração saltitava no peito. Teve que se sentar na escada. Libardo se abaixou, com a testa enrugada, e lhe perguntou se estava tudo bem. Raul lhe deu um tapinha nas costas. Seu filho mais velho tinha cinquenta e dois anos. Como explicar para ele a consistência ao mesmo densa e cristalina do ar que respirava; o quão árduas eram algumas coisas para ele e que para o outro certamente não apenas não eram difíceis como também não tinham importância; a presença do passado todos os dias e ao mesmo tempo a sua inevitável ausência; a certeza ao mesmo tempo banal e brutal que ditava com cada vez mais clareza a ordem dos seus dias e a trajetória das suas ideias.

Permitiu que o ajudassem a se levantar e deu um abraço em cada um deles. Almoçaram em um restaurante fora da cidade. Tomou quatro vinhos e depois não quis ir embora. Se sentou em um banco em frente aos brinquedos das crianças. Raramente viam o avô; quis acreditar que estavam brincando com mais vontade do que o normal. E já de volta a sua casa, mesmo cansados, Libardo e sua família aceitaram entrar. Dividiram duas cervejas e mostrou para todo mundo as fotos da sua falecida esposa. Foi se deitar sem comer e dormiu sem sonhar, com uma satisfação animal que seu corpo tinha esquecido. No dia seguinte acordou sem ressaca, cumpriu sua rotina, e de noite ficou parado na frente do jogo da amarelinha, com a peça firme na mão.

Esperou um pouco. Não havia ninguém no parque e estavam apagando as luzes da biblioteca. Havia poucos carros. Em algum lugar um cão latia. Ninguém estaria interessado em ver um ancião jogando amarelinha às nove e meia da noite, mas ainda assim ele não se movia. Irritado consigo mesmo, jogou a peça no chão. Imediatamente se arrependeu; não sabia se a cabeça resistiria. Mas ela quicou bem de leve, como se fosse de uma borracha dura. Então Raul saltou com uma agilidade que o surpreendeu. Conseguiu chegar ao cinco antes de sentir dor no peito.

Ereto, um pé apoiado no quatro e o outro suspenso no ar, e olhou ao redor. Tudo continuava igual. Nenhum dos funcionários da biblioteca saía pela porta de trás. Os carros que passavam pelas ruas próximas iam a toda velocidade. Ninguém o observava das janelas dos edifícios, que através das folhas das árvores, naquela espécie de bolha em que o parque se transformava à noite, pareciam ainda mais distantes. Quase não sentia dor no peito. Continuou brincando.

Quando estava parado no oito, com a peça no nove, na frente dele, uma pontada de dor mais forte que as outras o obrigou a morder os lábios. Com a manga da camisa limpou o suor da testa, levantou o olhar e quase desmaiou. A menina estava ali, sorrindo a poucos passos da amarelinha. Depois da surpresa quase sucumbiu diante da decepção, pois não era Flora; tinha estendido a mão para ele, mostrando uma peça quase igual a dele, apenas a cabeça, de um vermelho suave que lhe dava um vago aspecto de molusco, era diferente.

— Oi.

— Oi.

Ela deu um passo para frente. A ponta do seu sapato tocou a borda do céu.

— O que está fazendo?

— Jogando amarelinha.

Seu riso era infantil. Sem saber por que, Raul evitou o olhar dela e procurou os edifícios. Continuavam lá, atrás das árvores. Se virou para ter a certeza de que a biblioteca também continuava no seu lugar.

— Não vai até o final?

Olhou outra vez para ela. Tinha pegado a peça verde e continuava oferecendo a outra.

— Acho que sim.

— Então use a minha. A sua eu devolvo quando terminar.

— O que é?

— Você sabe.

— Não, não sei.

— Sim, sabe.

A menina sorriu de novo, e Raul sentiu os joelhos frágeis. Era uma pena que tanta penumbra tivesse que rodear um sorriso tão livre. Queria vê-la sob uma luz potente, porém desconfiava que ela não teria sorrido sob tal luz.

— E a minha não serve?

— Sim, mas dói mais. Eu queria ajudar.

Raul estendeu a mão. Ela tirou a peça vermelha do bolso e entregou para ele. Ao vê-la de perto quase a deixa cair. Em vez de bolhas, havia dois óvalos no centro da esfera, cruzados nos dois sentidos por entalhes bem finos, levemente curvos. Pareciam olhos que o observavam.

— Bom. Rápido porque temos que ir.

— Para onde?

— Para casa. Está tarde.

Era verdade que estava tarde. Raul pôs a larva vermelha no novo. Era uma larva; claro que era isso o que era. Não entendia como tinha podido ser tão estúpido.

— Vou vê-la de novo?

— Quem?

— Flora.

— Você que sabe.

Isso também era verdade. Ele, ainda que não quisesse, sabia a resposta.

Olhou mais uma vez para os edifícios e para a biblioteca, mas sem intensidade, como se fossem uma foto velha que já tivesse visto centenas de vezes. Depois pegou impulso. A menina deu um passo para trás.

Uma larva. Claro. Os olhos dentro da esfera continuavam olhando para ele, com uma certa benevolência distante, inumana. Acenou com a cabeça, mais para a larva que para a menina, e saltou. Era uma pena que tanta penumbra tivesse que rodear um salto tão livre.

Uma barata

Il n'y a pas d'amour de la vérité
sans un consentement sans réserve à la mort.

Simone Weil

[1] Desde criança Elsa de Marmato via, segundo as suas próprias palavras, "uma luz que não é luz, que é mais e menos que luz (...), invisível, que revela o que toca". Sua segunda carta para Yeison Morales, de onde vem essa passagem, também descreve as sensações que antecediam as suas visões. Primeiro a dor de cabeça; depois, o distanciamento das coisas, principalmente das vozes, que pareciam "vir debaixo d'água"; sede, garganta seca, mãos tremendo e um cansaço terrível que a obrigava a ficar deitada. Na infância, descansava à beira da estrada onde trabalhava vendendo cocadas. No convento, suas colegas logo aprenderam a levá-la para sua cela antes de que desmaiasse.

Na sua monografia, cujo valor residia justamente em ser a primeira tentativa em recuperar e interpretar a obra de Elsa, Amílcar Torres afirma que essas visões eram uma ficção, um "truque literário" para cultivar sua imagem de "poeta maldita". Para além do aspecto inapropriado dessa categoria para descrever uma escritora mística que passou três décadas enclausurada em um convento, meu desacordo com Torres vem de uma convicção, impossível de se confirmar, mas alimentada pelos textos dela. Eu acho que as visões de Elsa eram reais para ela experiências sensoriais em sentido estrito. Para o especialista menciono os numerosos estudos da vida e obra de Hildegarda de Bingen, cujo caso é em mais de um ponto parecido; e para o leitor casual dessa antologia, cito o soneto 6 do primeiro caderno, escrito provavelmente nos seus primeiros anos no convento, em que a jovem poeta, depois de dois quartetos de tom existencial um tanto ingênuo, descreve a luz que às vezes a invadia:

Me dizem que deveria fugir do poço
do mundo, em que nada é o que é;
em que um instante é tudo, mas depois
de ser não é nada, nem um eco sequer;
mas duvido sem rumo nem interesse
em encontrá-lo. Cada meandro
é uma armadilha. Não caminho. Peco.
Cada passo que dou é um tropeço.
E de repente tropeço em um passo
que não foi dado por mim, e do nada
estou cega no beijo incinerado
que a própria luz me deu ao sorrir.
Então sou eu mesma a luz que joga
com a própria luz, e na luz me abraso.

[2] Elsa de Marmato, a última de sete irmãos, nasceu sob o nome de Elsa Yurleidy Mosquera Mendoza, em Marmato, um pequeno povoado do departamento colombiano de Caldas, no dia 2 de dezembro de 1970. Seu pai, Heriberto Mosquera, mineiro, foi sepultado após o desmoronamento de um túnel, quando a menina tinha três anos. Sua mãe, Yohana Mendoza, era dona de casa. Depois da morte de Heriberto, pela qual a família recebeu uma pequena indenização, Yohana abriu uma loja de alimentos e passou a administrá-la junto com as suas filhas mais velhas. Os rapazes trabalhavam nas minas. Elsa, segundo o vago testemunho da sua família, era distraída e esquisita. Aos quatro anos começou a ajudar na loja, mas alguma coisa de que

não sabemos fez sua mãe se indispor com ela. Meses depois, começou a vender cocadas na estrada.

É dessa época uma curiosa notícia de um parágrafo, publicada na penúltima página de *La Patria*, jornal do departamento de Caldas. Um jipe do exército encontrou uma menina deitada ao lado da estrada. Os soldados pensaram que estivesse morta. Quando se aproximaram, viram que respirava. Tinha os olhos abertos, mas não respondia a nenhum estímulo. Quiseram levá-la para o centro médico. Na metade do caminho, ela reagiu. Disse que tinha adormecido. Os soldados insistiram em levá-la e ela começou a chorar. Disse que sua família não podia pagar, muito menos ir lá buscá-la. Que podia voltar a pé. Deixaram que ela descesse do jipe e ela deu uma cocada para cada um. O jornalista levantava a possibilidade de que a pequena vendedora fosse narcoléptica e recomendava que os motoristas tivessem cuidado nesse trecho da estrada.

O que vendia na loja, as cocadas e o trabalho dos irmãos não eram suficientes para sustentar a família. Em 1977, um pequeno grupo de monjas de um convento de Manizales passou alguns meses em Marmato, alfabetizando os jovens. Yohana pediu para que as monjas, lideradas por Sor Guadalupe, a madre superiora, cuidassem da sua filha mais nova. Em princípio as religiosas se negaram, e quando foram embora, não levaram a menina. Mas semanas depois, Sor Guadalupe voltou para falar mais uma vez com a menina, e após uma série de visitas, decidiu levá-la. Elsa entrou no convento em outubro ou novembro de 1978, e nunca mais saiu. Na sua sexta carta para Yeison Morales, a monja recorda uma conversa que teve com a madre superiora poucos dias antes de partir do povoado com ela:

Me perguntou o que era a luz que meu irmão Chepe dizia que eu via. Lhe disse que não era luz. Então o que é? Disse que não sabia bem o que era, mas que era minha amiga. Amiga ou inimiga?

Pensei nessa água que primeiro parecia unida às coisas, à árvore, ao rio, à estrada, ao cão, e depois tremia, fervia, e estava claro que ela vinha de dentro das coisas, não de fora. Que ela era as coisas, a parte que não se vê. E também era e não era meu corpo. Pensei que era amável, grande, poderosa, e que gostava de mim. Lhe disse: amiga, e ela começou a chorar. Não entendi por que chorava e ainda não sei, mas tenho uma teoria. Sor Guada não sabia se era Ele que vinha me visitar ou se eu estava louca, ou alguma coisa ainda pior; e quando lhe disse que não era minha inimiga, mas, sim, amiga, não apenas minhas palavras, mas também a maneira como lhe disse fizeram com que ela soubesse que era Ele, que às vezes tocava com os dedos luminosas essa sua serva, porque queria salvá-la, deixá-la sempre uma criança. Começou a chorar porque tinha entendido.

Depois me perguntou se eu queria ir com elas. Eu disse que não sabia. Pensei na minha estrada. Querido Yeison, eu gostava da minha estrada. Quase não passava ninguém e o saco de cocadas não pesava. Eu caminhava para um lado e depois para o outro. Os pássaros cantavam, as árvores balançavam, logo atrás da curva estava o rio. E às vezes Ele vinha, Ele, que não é uma pessoa, mas algo muito melhor, e eu me jogava no chão, e o beijo dEle descia do céu e ao mesmo tempo subia pela terra, e no seu abraço que me coloria de febre, eu era livre. Disse para Sor Guada que não sabia.

Ela me pegou pela mão e me disse que eu tinha que ir com ela, porque o que eu via era uma coisa milagrosa, porque Deus tinha me escolhido. E além disso no convento havia comida todos os dias e minha mãe ficaria contente se eu fosse. Claro que ficaria contente, se eu não servia para nada e ela tinha que trabalhar para me dar o que comer. "A luz também vai ficar contente", disse sor Guada. E isso foi o que me convenceu.

[3] Os seus primeiros anos no convento são um período obscuro da vida de Elsa. Sua autobiografia, *Anotações de uma*

serva, oferece poucos detalhes. A única coisa que se sabe é que foi um tempo duro, marcado pelo conflito espiritual e pela rejeição de suas colegas.

Houve muita especulação sobre a causa dessa última questão. Amílcar Torres enumera o fato de ela ser vesga, a sua notória dificuldade para aprender nomes próprios, sua tendência a se calar na metade de uma frase; os tabloides da época em que ficou famosa falam de um "cheiro desagradável", e o padre Sebastián Murillo, autor de um panfleto publicado semanas após o desaparecimento da poeta, afirma que suas visões eram anunciadas por uma "cor estranha da qual ninguém gostava", uma cor que "untava" as suas pupilas.

É claro que há muita falação nessas notícias. Eu não posso nada mais que acrescentar uma observação: todo visionário, se trate de um louco ou de um santo, é também, inevitavelmente, um pária.

Faz alguns anos, visitei o convento onde Elsa passou a maior parte da sua vida. É um prédio simples, fica de frente para uma praça. Há duas entradas: a da igreja, um arco de uns três metros de altura, protegido por duas portas grossas de madeira, e a do claustro, uma portazinha retangular, semiescondida em uma lateral, e que nunca está aberta. A igreja é sóbria. As janelas, altas e terminadas em forma de flecha, não têm vitrais. O exterior está coberto de gesso, mas os interiores são de tijolo não revestido. O relicário de ouro, doado por um empresário alemão na época dourada da mineração na região, resplandece como uma moeda sobre um chão de terra. Uma divisão de tijolos separa os bancos onde os fiéis se sentam do espaço que as monjas utilizam para escutar a missa.

O claustro me dava a impressão de ser uma grande casa de família transformada em hotel. Os dois andares formavam um retângulo em volta de um pátio. Há uma fonte onde os pássaros se banham, tomates, laranjeiras, mangas, uma figueira. Há um nicho, decorado com rosas e rododendros, onde uma virgem com cara de criança abre os braços em uma espécie de tímida repreensão, as palmas da mão viradas para cima. Imaginei Elsa sentada diante dessa virgem, passeando pelo pátio ou pela sacada do segundo andar, varrendo aqui e ali com uma escova de palha.

No primeiro andar estão a cozinha, o refeitório, a capela e as salas onde hoje em dia funciona uma escola primária. Meu guia não soube ou não quis me dizer o que havia ali na época de Elsa. Mais ou menos por ali, pelo que se deduz da décima primeira carta para Morales, devia estar a cela onde ficou enclausurada pelos últimos nove meses da sua vida. Passamos rápido por aquele lado do claustro. Entrevi um quartinho sem janelas. Talvez ali. Talvez sob essas lousas, se é que na verdade existiu, haja restos do túnel.

No segundo andar estão o escritório da madre superiora, a tesouraria, os banheiros e as celas: vinte e quatro quartinhos de três por quatro metros, com um catre, uma cadeira, uma mesa e uma luminária. Não há armários. Cada monja possui um baú para guardar seu pijama, os objetos de higiene pessoal e um par de sandálias extra.

Meu guia me deixou caminhar por um tempo no segundo andar, me seguindo a poucos metros de distância. O barulho da fonte invadia os cantos, brincava com as coisas, sem tocar nelas. Não me pareceu impossível passar uma temporada feliz ali, nesse espaço planejado para reduzir ao mínimo a diferença entre um dia e outro. Mas logo pensei no obstinado silêncio de Elsa, na sua fealdade, na sua infância sem amor, no seu medo patológico das pessoas.

Esqueci de mencionar os confessionários. São dois, de madeira bem escura, revestidos de veludo na parte interior. Ficam ao lado da porta que conecta a igreja ao claustro. Todos os domingos de manhã as monjas se ajoelham diante deles e confessam suas culpas para o padre da diocese, sussurram por uma grade. Não sou um homem de fé. Talvez por isso aquele par de pequenas jaulas abandonadas me pareceu ameaçante, porém anacrônico.

[4] A pergunta sobre como Elsa de Marmato virou poeta é outra que só pode ser respondida com conjeturas. É provável que durante a sua infância não tenha recebido nenhuma instrução e que tenha aprendido a ler e escrever no convento. Segundo Amílcar Torres, os primeiros escritos do primeiro caderno, reunidos nessa coleção intitulada “Poemas juvenis”, datam de quando ela tinha dezoito ou dezenove anos. Isso me parece impossível. Um desenvolvimento tão precoce soa inverossímil demais. Por falta de informação mais precisa, nessa antologia sigo as linhas gerais da cronologia de Torres, mas sem incluir os anos.

Seja como for, é claro que a primeira aproximação de Elsa à poesia de outros autores aconteceu através da biblioteca do convento, que sor Guadalupe, mais uma vez segundo Torres, administrava como se se tratasse da sua coleção pessoal.

Essa monja, que infelizmente o autor deste relato não teve a sorte de conhecer, exerceu uma grande influência na poeta. Torres lembra que era leitora voraz de San Juan de la Cruz, que podia recitar de memória seus poemas mais conhecidos e vários dos menos populares. Também gostava de Garcilaso, Dante, Sor Juana, Machado e Darío. Na sua juventude, em uma revista de uma universidade católica da costa, publicou uma breve, e no meu entender forçada, interpretação piedosa do *Primero Sueño*. O fato de que nos anos 70 fosse permitido àquela monja publicar suas especulações religioso-literárias mostra tanto sua inteligência, energia e capacidade retórica como a sua rede de contatos. É plausível que tenha sido ela quem estimulou a jovem Elsa a escrever suas visões.

Abri os olhos sem os abrir e estava deitada à beira da estrada de Marmato. Sabia que a luz viria, mas também que dessa vez seria especial. Esperei um pouco. De repente ouvi um carro. Não queria me desconcentrar e permaneci quieta, embora tivesse muita curiosidade em saber quem vinha nesse carro.

Ouvi quando parou perto de mim. Alguém saiu.

Uma sombra tapou o sol. A mão tocou na minha testa. Nessa mão havia um calor que não queimava, e também um centro frio que não gelava, que apenas acalmava, como o gelo que põem no galo quando alguém bate com a cabeça. Eu não via ninguém, mas havia alguém comigo.

Me atrevi a falar. É você? Senti sua voz cantando sem palavras. Estava me dizendo que sim. Era Ele. O calor e o gelo dEle me banharam de dentro e de fora do corpo e fiquei toda encharcada. Ele riu, suavemente. Bem-vinda, disse. Era uma voz em que cabiam todas as vozes, mas era apenas a sua voz, apenas uma. Como é difícil explicar! Não sei por que me escolheu, mas desde então lhe pertenço.

[5] A vida de Elsa, aparentemente monótona, mas pirotécnica no espírito, nos deixou um testemunho tão lindo como enigmático: sua escrita. São seis cadernos de cem folhas, contendo seus poemas, relatos das suas visões, as oitenta e quatro páginas da sua autobiografia e as onze cartas que escreveu para Yeison Morales. Amílcar Torres chama os cadernos de "fólios", e os enumera de acordo com o que ele percebe como desenvolvimento do estilo. Esta antologia segue essa numeração.

Os primeiros trabalhos imitam a poesia espanhola dos séculos XVI e XVII. Em um ensaio publicado recentemente, a professora Ellen M. Hightower afirma que a leitura desses poemas é "heartbreaking"[1]; visto que é trágico que uma poeta natural se tenha visto forçada, por razões históricas e culturais, a escrever coisas que não podem ser vistas senão como "a sadly crystalline curiosity, pathetically ill-suited to our times"[2]. Eu,

[1] "Dilacerante" (Todas as traduções, salvo quando indicadas, são minhas).

[2] "Uma curiosidade tristemente cristalina, pateticamente inapropriada para o nosso tempo."

talvez pelo meu gosto mais antiquado e minhas leituras mais escassas, não posso outra coisa senão gostar de sonetos como esse, o poema 19 do primeiro fólio:

Se um cavalo de repente se desboca,
a grama que não pisa ainda mexe;
se um chicote se agita quando chove
eletriza até a água que não toca.
Assim tua luz que o verso não se atreve
a tocar, porque ainda assim a evoca,
roça sem de verdade tocar minha boca
e lhe dá forma, sol para minha neve.
Tu és a flor da vida milagrosa
que renova a planta decaída,
e da mesma forma silenciosa,
esta serva vulgar e distraída,
sutil, como quem não quer a coisa,
ao regalar uma voz lhe deste vida.

Aos poucos, Elsa começou a incorporar no seu repertório formas menos conhecidas. Na página 23 do segundo fólio se pode ler essa vilanela:

Destelhe o vermelho com que fizeste o dia
e dá-me um fio para meu jogo.
Não deixes que a noite seja minha.

Dá-me uma única faísca, e minha alma
sombria se fará fogueira de sossego.
Destelhe o vermelho com que fizeste o dia.

Faz vida da minha vida que não é minha,
faz centro da tua luz meu cego corpo.
Não deixes que a noite seja minha.

E que quando, enfim tua, na minha agonia,
veja tua mão que com desapego
destelhe o vermelho com que fizeste o dia,

que haja outra luz atrás, a tua e a minha,
que substitua o sol com nosso fogo.
Não deixes que a noite seja minha.

A noite é o final de cada dia,
tu careces de noite. Te peço:
destelhe o vermelho com que fizeste o dia,
não deixes que a noite seja minha.

O terceiro fólio, meu favorito, deixa para trás a camisa de força das formas clássicas. A poeta desenvolve um curioso gosto por versos pouco usados em castelhano: hexassílabos, heptassílabos. Seu trabalho dessa época inclui essa pequena ode à chuva, número 2 desse caderno:

Cada gota tão única
que se vê quase imóvel
e debaixo d'água tudo
maravilhado e dócil.
Tentação de sair
com os braços abertos
e sim abrir a boca
beber o universo.

Outros dos poemas, o número 17, é de temática erótica, o que faz pensar que data do início da relação (ou como se queira chamar) com Morales:

Escondo coisa tua
semente na minha língua,
sem temperatura
nem forma: teu nome.
E se o pronuncio
a orquídea da angústia,
sem perdir licença,
floresce em minha boca.

Também há nesse caderno um poema que talvez compreenda leituras novas que Elsa teria feito nessa época, certamente através de Sor Guadalupe. É o único poema da sua obra que tem título. É o número 32 e se chama *Emily*:

No veleiro bordado com sua respiração
ainda sozinha,
é indomável.
Ora submisso, ora intrépido instrumento
do próprio vento
que a domina,
sabe mover, nave cheia de si,
sua voz singela,
como agulha,
e ferindo, abrindo, remendando nada,
com ar puro
bordar a água.
Mas se fez um mar inteiro a mão
também é certo
que nele não há rumo.
Ela escolheu não ter prisão,
e a voz livre
é implacável.

Infelizmente, no quarto fólio, Elsa já tinha começado a ver a barata. Seus poemas ficaram herméticos. Os últimos são indecifráveis.

Segundo Amílcar Torres, isso ilustra sua "queda na loucura". Não acompanho essa interpretação. É inegável que os poemas do quarto, quinto e sexto fólios são menos, digamos, iluminados que os primeiros. Se a produção de Elsa se limitasse a eles, talvez esta antologia sequer existisse. Mas esses poemas foram escritos por uma mulher que estava há décadas explorando a poesia em língua castelhana, como exercício retórico e de pensamento, mas também como disciplina vital; e estou convencido de que carregam tanto ou mais sentido que os exercícios juvenis, ainda que muita coisa deles, por defeito nosso, não da autora, nos esteja vedada. Acredito que o que aconteceu, pouco a pouco, de forma dolorosa e inevitável, foi que Elsa se deu conta de que a linguagem era a ferramenta inadequada para sua busca.

Uma das tentativas de renovar ou alterar essa ferramenta são os seus pontos; pequenos traços circulares que aos poucos começaram a povoar seus poemas. Torres não diz *povoar*, mas *devorar*. Sua teoria é que representam momentos de dúvida, confusão ou impotência. Que Elsa os colocou aí porque não encontrava a palavra que necessitava para preencher esse vazio. Que são um sintoma de que a poesia começava a lhe ser impossível.

Minha interpretação é diferente. Penso que os pontos representam, sim, uma espécie de palavra. Uma que tem relação direta, embora misteriosa, com a barata, e que não carece de som, porém exclui de si a necessidade de evocá-lo, porque centra seu esforço mais no significado que no significante. Alguma coisa nesses pontos (a cor? a forma?) parecia muito mais significativa para a poeta do que qualquer palavra que ela tinha à sua disposição. Como prova dessa conjetura ofereço o décimo poema do quinto fólio:

*com * começa*
*com * termina*
*e * por **
*a * do mundo*
*revela ser uma **
*que sua própria * ilumina*

Tristemente, depois da irrupção dos pontos, entram em jogo outros caracteres (um z com uma espécie de relâmpago que o atravessa, um hífen longo e outro curto, três pontos dispostos em triângulo, um retângulo preto), e em nenhuma parte Elsa oferece a menor pista sobre seu significado. O autor da presente introdução dedicou três anos, generosamente financiados por instituições acadêmicas e culturais, colombianas e estadunidenses, a investigar esses fólios. A publicação desta antologia, da qual foram excluídos quase todos desses poemas, é o único produto desse trabalho tanto exaustivo quanto frustrante. Mas não recuo no meu convencimento de que não se trata de garranchos sem sentido, embora me veja forçado a deixar para outra pessoa a tarefa de decifrá-los.

[6] Os dois acontecimentos centrais da vida pessoal de Elsa foram sua relação com Yeison Morales e o aparecimento da barata. Podemos reconstruí-los apenas de maneira fragmentada, a partir das suas cartas, dos poemas e das notícias difundidas pelos meios de comunicação na época da sua fama.

Morales teria dezesseis ou dezessete anos quando conheceu a poeta, que tinha o dobro da idade dele. Da sua mãe não sabemos nada. Vivia com seu pai em um povoado perto de Manizales. Os dois eram camponeses. O velho pensava que seu garoto "andava com coisa ruim" – todos os detalhes constam na única entrevista que Morales deu, alguns meses após a morte de Elsa –, e certa vez que teve de ir à capital para cuidar de uma pequena herança, deixou seu filho durante três dias nos convento, sob os cuidados da madre superiora. Sor Guadalupe o hospedou no seu próprio quarto, o encarregou de algumas tarefas de limpeza e o proibiu de falar com as outras monjas.

Depois de três dias, o pai voltou. Dezesseis anos mais tarde, quando veio à tona o escândalo da bruxa de Marmato e a imprensa marrom vasculhou os papéis de Elsa, onze cartas foram descobertas, cada uma delas escrita em um ano diferente, todas para Morales, em um caderno próprio que ela escondia no seu baú junto com os outros papéis.

A monja e o rapaz alguma vez se falaram? O fato de que ela soubesse o nome dele parece sugerir que pelos menos algumas palavras eles trocaram, mas isso não pode ser afirmado com toda certeza. É possível que Sor Guadalupe tenha dito o nome dele para as outras monjas. E de acordo com Morales, ele se limitou a cumprimentá-la apenas com um gesto ao qual ela nunca respondeu. Tinha feito isso porque a cara da poeta tinha lhe "chamado atenção". Quando o jornalista o procurou, declarou-se surpreso de que aquela monja lhe tivesse escrito onze cartas que, caso tenha pretendido, nunca pôde lhe entregar. Mas por outro lado, a julgar pelos poemas e pelas cartas, não apenas houve troca de palavras entre eles, mas também de carícias, talvez um beijo, e uma longa conversa sussurrada através de uma fresta na parede de um dos banheiros.

Quem está falando a verdade? Ela, ele ou nenhum dos dois? Para este estudioso, ambas as histórias parecem plausíveis. Na imaginação se sobrepõem, se espelham, se complementam quase tanto como se contradizem. Por fim permanece uma névoa de incertezas, em que a única coisa clara é a inusitada intensidade do sentimento da poeta por aquele jovem que, se confiamos em sua versão, foi o único homem com quem ela pôde conversar na sua vida adulta. (Não acho que a confissão seja considerada uma conversa.) Por isso, mais do que trágico, é infame que, na sua entrevista, a única coisa que Morales diz recordar da mulher que lhe dedicou todas essas páginas são os olhos dela, porque eram vesgos: "Não se sabia pa' que lado olhava", transcreve o jornalista. "Por isso eu gostava de cumprimentá-la, pa' que se virasse para olhar e eu pudesse ficar olhando bem para ela. Nunca tinha visto uma cara tão estranha, entende?"

[7] Assim como os poemas dos últimos fólios, as visões da barata estão repletas de pontos, hífens e outros caracteres que dificultam de maneira crescente a leitura. No entanto, talvez por se tratar de prosa, em vez de poesia, alguns detalhes podem ser notados.

A primeira visão faz eco com boa parte de uma das visões mais comuns da infância de Elsa. Está deitada na estrada que vai para Marmato, olhando o céu, o saco de cocadas abandonado. Seu corpo antecipa a chegada "dEle": escuta um motor se aproximando. Fecha os olhos. O carro para, alguém sai, tocam a testa dela. Esse contato é mágico e ao mesmo tempo humano, está cheio de uma espécie de tibieza "com um centro de gelo". Não há diálogo. Elsa fala com quem a está tocando e não obtém resposta alguma. O que, sim, ouve é uma espécie de rangido.

Elsa, então, abre os olhos. Na frente dela está uma imensa barata, de pé sobre as duas patas de trás. Com uma das patas da frente, acaricia a testa dela. Os olhos são fundos, labirínticos; dois poços cobertos de pequenos buracos, abertos de um lado a outro. Em cada um deles "caberia o universo".

O mais aterrorizante (ou iluminado?) é que Elsa não sente medo, nem mesmo estranheza. A presença da barata lhe parece ao mesmo tempo previsível e milagrosa. (Não ignoro que isso seja um oxímoro, mas são literalmente as palavras dela.) A barata se inclina ainda mais sobre a visionária. Abre e fecha as mandíbulas. Elsa sorri. Os olhos crescem à medida que o inseto se aproxima e a monja é tomada pela ânsia de fugir.

De repente uma espécie de gravidade invertida a arranca do chão e a joga para cima. Ficou pequena e a barata agora *é* o universo. Cai sobre um dos olhos, com os braços abertos, cheia de liberdade, como se voasse. Antes de se espatifar no chão pantanoso do labirinto, acorda. E então, já acordada, sente finalmente o horror de que na sua visão "Ele" tenha sido substituído por uma barata. Foi nesse instante, escreve Torres, que Elsa de Marmato foi vencida pela esquizofrenia.

Desde então a barata foi o centro das suas visões. Em uma visão era pequena, do tamanho de uma barata real; Elsa a recebia com a língua, como se fosse uma hóstia durante uma missa celebrada por um homem altíssimo de mãos perfeitas. Na outra, agora gigantesca, era como um barco, e a visionária navegava nela sobre um rio cinzento em direção a uma luz longínqua. Sentia medo até que baixava os olhos e via que era a barata que a levava para lá, as patas remando, as antenas para cima. Quando as visões terminavam, a calma e a espécie de amor que Elsa sentia durante seu êxtase davam lugar ao nojo.

Não sabemos quantas visões desse tipo teve a poeta. Sem dúvida foram inúmeras. Aos poucos, perdeu a serenidade que a caracterizou durante décadas. Se tornou irascível. Em algum momento deve ter revelado para alguém o que estava acontecendo, provavelmente para Sor Guadalupe. Era de se esperar que Guadalupe comunicasse ao padre da diocese. Foi o começo do fim.

O sacerdote se chamava Antonio Cabrera. Tinha estudado em um seminário em Manizales, onde tinha se destacado por sua oratória e pela exagerada cortesia com que tratava seus superiores. Ao saber que uma monja da sua diocese tinha visões com baratas, declarou-a possuída. Elsa foi submetida a exorcismos, primeiro presididos por Cabrera, depois por outros sacerdotes. Em 2003, foi enviada ao Vaticano uma solicitação para que viesse um especialista em expulsar demônios. Foi aí que a imprensa tomou conhecimento do caso.

Este estudioso não pretende entrar no circo em que esses meses se transformaram. Basta observar que, enquanto a diocese esperava o italiano, permitiram diversas vezes que os jornalistas falassem com a poeta, que tinha sido enclausurada em uma cela minúscula, separada das outras. O próprio Cabrera deu entrevistas em que pintou Elsa com as cores mais escuras e implausíveis, representando a si mesmo como uma figura providencial, pois se não fosse a sua intervenção, as pobres monjas "nunca saberiam o que fazer com a vítima de Satã que habitava entre elas".

O final enigmático da farsa o leitor conhece, mas para não deixar fios soltos, contarei. O italiano, um tal Mazzini, chegou ao convento em uma noite de chuva. Dormiu na sacristia. Na manhã seguinte, quando foi levado até a cela, a monja não estava lá. Sob algumas lousas soltas descobriram um túnel que conduzia à escuridão. O exorcista pediu uma lanterna e se aventurou pelo túnel, acompanhado por Cabrera e Sor Guadalupe. Chegaram a um beco sem saída. A única coisa que havia ali era uma barata. Estava morta.

[8] Graças ao desprezível escândalo midiático dos meses seguintes, Elsa ficou conhecida como "a barata humana de Marmato". Foram publicados livros afirmando que era bruxa. Filmaram um documentário. Cabrera, que depois do escândalo renunciou à Igreja Católica, se transformou em um duvidoso curandeiro de prestígio e "especialista em energias". Pouco, para não dizer nada, foi falado sobre os cadernos que, na opinião de um escasso, porém crescente, número de leitores, deveriam ser a razão da fama da autora. Graças ao esforço seminal de Amílcar Torres, fragmentos dessa obra singular começaram a ser divulgados, apesar dos protestos de um setor da Igreja que ainda vê nessas páginas, inclusive nas mais inocentes, a marca do diabo. Foi no exterior, como seria de se esperar, que a obra da visionária de Marmato começou a ganhar força. Há

alguns meses, em Vancouver, foi realizado o primeiro congresso dedicado à sua obra, com a presença de catedráticos da Europa, Ásia e Estados Unidos. Tristemente, o único colombiano era o autor da presente introdução.

O que aconteceu com o seu corpo? As teorias são tão numerosas como delirantes. A mais popular é que se transformou em barata e foi para o inferno. Outros garantem que escapou. Em uma rua adjacente ao convento, até pouco tempo atrás eram vendidos os supostos restos da sua vestimenta, que teria rasgado na rua depois de ela pular por uma janela, e depois sair correndo, evocando com toda força o Satã, até desaparecer no monte.

Minha hipótese não é esotérica, mas sombria. Acho que nunca houve túnel nem barata. Que alguma coisa saiu mal (o quê?) no exorcismo de Mazzini ou que simplesmente o plano não era exorcizá-la; e que a brilhante ideia de Cabrera foi elaborar como álibi uma tremenda ficção, consciente de que cativaria a opinião pública de tal maneira que ninguém acreditaria em outra versão.

Seja qual for a verdade, o que importa é a poesia. Por isso gostaria que um poema do quarto fólio, o número 5, que segundo Torres foi escrito depois da primeira visão da barata, e que ele lê como uma "premonição poética" do final da vida da autora, seja a conclusão dessa nota preliminar. Porque uma história obtusa inventada pelos tabloides e por sacerdotes astutamente piedosos não deveria sepultar no esquecimento o paradoxal brilho verbal da obra de Elsa de Marmato. Diz o poema:

O preto
e o branco
são um
e o mesmo;
a luz
é a sombra,
o céu
o abismo.
Eu abro
os braços
tomada
por inteiro,
e caio
voando.
Minha morte
é minha vida.

Este livro foi composto em tipologia Electra LT STD, no papel pólen bold enquanto Nina Simone cantava *Don't Let Me Be Misunderstood*, para a Editora Moinhos.

*

Era dezembro de 2020.

*

3 vacinas surgiam como salvadoras na luta contra a covid.